浮羅人文
高嘉謙｜主編

蕉風與非左翼的馬華文學

Chao Foon and the non-leftist Mahua literature

林春美
Lim Choon Bee

人文·學術·思想

目次

「浮羅人文書系」編輯前言

高嘉謙

島嶼，相對於大陸是邊緣或邊陲，這是地理學視野下的認知。但從人文地理和地緣政治而言，島嶼自然可以是中心，一個帶有意義的「地方」（place），或現象學意義上的「場所」（site），展示其存在位置及主體性。從島嶼往外跨足，由近海到遠洋，面向淺灘、海灣、海峽，或礁島、群島、半島，點與點的鏈接，帶我們跨入廣袤和不同的海陸區域、季風地帶。而回看島嶼方位，我們試著探問一種攸關存在、感知、生活的立足點和視點，一種從島嶼外延的追尋。

台灣孤懸中國大陸南方海角一隅，北邊有琉球、日本，南方則是菲律賓群島。台灣有漢人與漢文化的播遷、繼承與新創，然而同時作為南島文化圈的一環，台灣可辨識存在過的南島語就有二十八種之多，在語言學和人類學家眼中，台灣甚至是南島語族的原鄉。這說明自古早時期，台灣島的外延意義，不始於大航海時代荷蘭和西班牙的短暫占領，以及明鄭時期接軌日本、中國和東南亞的海上貿易圈，而有更早南島語族的跨海遷徙。這是一種移動的世界觀，在模糊的疆界和邊域裡遷徙、游移。檢視歷史的縱深，自我觀照，探索外邊的文化與知識創造，形塑了值得我們重新省思的島嶼精神。

在南島語系裡，馬來—玻里尼西亞語族（Proto-Malayo-Polynesian）稱呼島嶼有一組相近的名稱。馬來語稱pulau，印尼爪哇的巽他族（Sundanese）稱pulo，菲律賓呂宋島使用的他加祿語（Tagalog）也稱pulo，菲律賓的伊洛卡諾語（Ilocano）則稱puro。這些詞彙都可以音譯為中文的「浮羅」一詞。換言之，浮羅人文，等同於島嶼人文，補上了一個南島視點。

以浮羅人文為書系命名，其實另有島鏈，或島線的涵義。在冷戰期間的島鏈（island chain）有其戰略意義，目的在於圍堵或防衛，封鎖社會主義政治和思潮的擴張。諸如屬於第一島鏈的台灣，就在冷戰氛圍裡接受了美援文化。但從文化意義而言，島鏈作為一種跨海域的島嶼連結，也啟動了地緣知識、區域研究、地方風土的知識體系的建構。在這層意義上，浮羅人文的積極意義，正是從島嶼走向他方，展開知識的連結與播遷。

本書系強調知識的起點應具有海洋視角，從陸地往離岸的遠海，在海洋之間尋找支點，接連另一片陸地，重新扎根再遷徙，走出一個文化與文明世界。這類似早期南島文化的播遷，從島嶼出發，沿航路移動，文化循線交融與生根，視野超越陸地疆界，跨海和越境締造知識的新視野。

高嘉謙，國立臺灣大學中國文學系副教授，著有《遺民、疆界與現代性：漢詩的南方離散與抒情（一八九五—一九四五）》、《國族與歷史的隱喻：近現代武俠傳奇的精神史考察（一八九五—一九四九）》、《馬華文學批評大系：高嘉謙》等。

推薦序

如何透過《蕉風》思考馬華文學——序林春美論文集

黃錦樹
國立暨南國際大學中國語文學系教授

馬華文學的研究有一定的難度。即便是受過完整的學院訓練，也不見得能做出有意義的成果。考驗的不只是訓練，還有想像力、洞察力，解釋的能力與創造的能力，那幾乎和寫作一樣困難。不多的大馬在地研究者中，林春美、莊華興和黃琦旺都是出色的例子。

近年因老輩凋零，藏書散出，集中在幾間大學圖書館，資料取得已經比較不是問題，或許也因此對研究者帶來更為嚴峻的考驗。數十年來，馬華文學近乎沒有改善可能的貧困，常使在地研究者受到疑似的傳染——如果貧困也能傳染的話。「傳染」當然不是個準確的用語。馬華文學的貧困是雙重的，評論和它的對象（作品）二者誰也超越不了對方，成了「命運共同體」。之所以如此，當然是有原因的；那原因，當然是歷史的、政治的。

林春美這本收集了多篇優秀論文的《蕉風》研究專著，恰恰是透過具體的個案，為我們闡明困境是怎麼形成的。

《蕉風》是大馬最重要也最長壽的華文純文學刊物，它恰恰誕生於馬來亞建國的前夕；

在左翼是王道的年代，相對於那種種殺氣騰騰的革命文學刊物，它代表著「非左翼」；前者重視「革命」，後者重視「文學」自身；在冷戰的年代，後者被指控「綠背」（美援），而前者背後無疑有中共（有形無形的協助），紅背對綠背，兩者都深深的捲入政治。

把文學的美學面向視為頹廢，而以近乎絕對禁欲的態度操作名之為「文學」的事物，不知道自己行徑等同於自毀的革命文學陣營，沒能留下有文學史意義的作品，應該說是毫不奇怪的。反之，雖歷經作風和理念不同的編輯，依然守護著文學自主性的《蕉風》（六〇年代左翼馬華文學史教父方修在撰寫逐年的文學回顧時，可是直接把《蕉風》及其出版品略過去），倒是為馬華文學留下可貴的遺產。《蕉風》因此可說是「非左翼」馬華文學史的一個縮影。透過它，可以看到一個和左翼觀點截然不同的馬華文學史。

因為創刊於馬來亞建國前夕，對那「當下現實」的回應便是該刊物存在的理由。因中共建國而離開中國的那群知識分子，輾轉南下，恰逢南洋新興民族國家在肇建中，以他們豐富的學養和見識、敏銳的觀察力，很快就了解即將到臨的這國家的根本問題是甚麼，那比「本土化」更具反諷意味的「馬來亞化」意味著甚麼：

> 在作為國家的馬來亞正式誕生之前，文學雜誌《蕉風》已通過其編輯理念之實踐，讓我們得以窺見其對馬來亞國族「共同體」的想像。〔……〕《蕉風》的「純」馬來亞化文藝之大纛，其實是建立在對馬來亞社會族群與文化多方面的「多元」性質的認知，及

對其的渴求理解之上。(〈獨立前的《蕉風》與馬來亞之國族想像〉)

更根本的是，他們清楚的認識到，馬來亞化不等於馬來化，而主張各民族平等，共同創建馬來亞國族(左與非左翼皆然)。但那畢竟只是理想，甚至可以說是一廂情願。樂觀的氛圍一閃而逝，春美在針對那些年《蕉風》上的隨筆，編輯意見，甚至小說(方天〈一個大問題〉，姚拓〈七個世紀以後〉，申青〈無字天碑〉)的仔細分析，得出相當有說服力的結論：「對於源自中土的新客文人而言，馬來亞化——或說，實際融入馬來亞——最大的難題，在於族群政治及日漸形成的馬來霸權對於移民社群的排擠。」(〈非左翼的本邦〉)

這批最後的南來文人已明顯的看到此後數十年這民族國家內少數族裔即將遭逢的難題，宗教、族群關係與馬來霸權將是不可跨越的高牆。在那樣堅硬的現實之下，「有國籍的馬華文學」即將被框在自己的族群內，不論是左與非左的「愛國主義文學」的口號，左翼升級版的「愛國主義的現實主義」、「愛國主義大眾文化」，只要不是用馬來文寫作，都是徒然的，更不必奢談甚麼「為人民服務」。建國後，大馬華人左翼大概沒有意識到，「人民」是他們最接近自瀆的幻想虛構。「有意淡化因種族、文化、宗教等的分歧而產生矛盾的現實」更是強調「反映現實」的馬華寫作人「愛國心」的體現。那「不可觸的」限定一直延續到當代。

作為純文學刊物，《蕉風》最重要的功績是引介文學新思潮、世界文學、提供新人嘗試的舞台，捍衛文學的獨立性。歷屆主編都能編能寫，有理念，也有創作能力。《蕉風》的創辦者之一，一個在星馬只短短的幾年居留，卻為馬華文學史留下寫實的經典《爛泥河的嗚咽》；謎樣的方天，「馬來亞化」的問題就在他任內提出（〈想像方天〉）；〈馬華現代主義文學的起始〉談的是白垚的「新詩再革命」，馬華新詩現代主義的始創。相較於左翼的集體主義，除了語言與形式的革新，時代性的著重之外，他們還強調「人的再發現」；那意味著回到個人，個體主義，「人的文學」。

〈黃崖與一九六〇年代馬華新文學體制之建立〉有為黃崖「平反」的意味，春美細密的論證了這位「《蕉風》在友聯時期在任最久的編輯」，是「一九六〇年代馬華新文學體制建立的關鍵人物」。他創造、引領、深化議題，「黃崖時期對文學自主法則的高度推崇，塑造了六〇年代《蕉風》的兩個重要特質：一是現代主義文學的引入，二是作為『純文藝』刊物的定位調整」。而它在文化主導權上的對手，當然即是不認為文學是自主場域的左翼。白垚「新詩再革命」就是在這樣的時空裡展開的。換言之，〈馬華現代主義文學的起始〉其實可以說即包孕在這篇關鍵性的黃崖專論裡，同樣包孕在裡頭的，〈一九六〇年代《蕉風》「現代派」的兩個面向〉討論的是六〇年代張寒與梁園在《蕉風》上發表的系列「現代小說」。相較於現代詩，這是較少受學者關注的領域，尤其是放在《蕉風》推動現代主義的脈絡來審視。從春美的討論（包括論黃崖文對黃崖小說的討論），我們可以看到馬華現代小說本身的艱難歷程——「馬來亞化」（回應「當下現實」）、現代感（實驗性）、可讀性（故事性、通俗性、「大眾化」）這各種要求之間，很難取得平衡。黃崖、張寒、梁園都各有所偏，各有所得，也各有所失。整體而言，成功的例子相當少。這結果很發人深省，尤其相比於馬華現代詩，現代詩的成績總體而言較為可觀。小說有通俗的天性，但強烈的現代感或現實感卻常會犧牲可讀性。因此，在小說寫作上，現代主義和現實主義面對的困難可能是相似的。

以純文學／現代／馬來亞化為標榜而比馬來亞還年輕兩歲的《蕉風》，只發表中文作品，讓它無可避免的被限定在華人的圈子，被民族化，也與大馬華人的命運緊緊捆綁在一起；它的生命歷程，一定程度的見證了華人在這民族國家的處境。不同作者發表的作品，編輯們的文學經歷，似乎也因此有某種象徵的意味。

〈蕉風吹到大山腳〉針對七〇年代崛起的，幾個出生大山腳的年輕小說家發表在《蕉風》上的作品，春美觀察到五一三後馬華小說呈現出微妙的變化。那些現實感很強的現代小說色調昏暗，充斥著虛無感，小說從內容到形式都受到現實的擠壓和傷害。這當然不只是七〇年代，當「馬來至上」成為這國家的根本原則後，在固打制下被擠壓的民族空間裡，文學似乎更不被需要，五〇年代《蕉風》那些南來文人夢想中的、多元文化共存的「馬來亞化」，早已成了夢幻泡影。

身世成謎的方天，最終不歡而散的黃崖，相當有創造力的白垚，是「有國籍的馬華文學」譬創者。但身為無法獲得大馬國籍而被迫離境的一群人，他們的處境因此也成了「民族寓言」；作品也只能是一種「非國家─民族文學」，反諷的體現了早年理想化的「馬來亞化」

在現實裡的「落漆」型態。〈身世的杜撰與建構——白垚再南洋〉仔細的分析了白垚的文學遺產、文學志業，在移居美國的晚年，以書寫重返南洋，重返那充滿可能性的馬來半島的五〇年代，他的黃金時代，那個遙遠的「此時此地」：

從一九九〇年代末至他驟逝為止，繼回憶錄散文之後又沉浸於自傳體小說書寫的十餘年間，持續的回顧使白垚在一定程度上把過去帶回到現在，因而也將夢——他的「夜來幽夢」——變成了生活／現實。因此，儘管南洋已遠，白垚生命最後十多年的時光，卻可說是他「再南洋」的一次經歷。

文學大概也就是這麼一回事，它往往不能改變甚麼現實；它的時間，不是「此時此地」而是「事後性」，是追憶，是尋回失落的時光，是替代性滿足，也是一種撫慰。

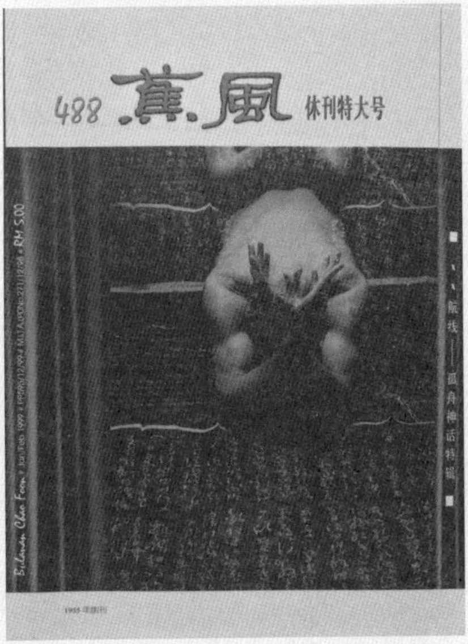

緒言

非左翼的馬華文學

一

一九九九年，馬華文學雜誌《蕉風》出版休刊號，結束友聯文化機構在馬來西亞開創的「世界上出版歷史最悠久的中文文學刊物」的一則傳奇。《蕉風》一九五五年由香港南來文人創辦，持續刊行四十三年餘，前後出版共四百八十八期。第四八八期《蕉風》有幾篇「休刊特稿」，分別是由姚拓以「蕉風編委會編輯和顧問們」的名義所寫的〈蓄足精力　再次奔馳——蕉風暫時休刊啟事〉、張錦忠的〈那些舊事，無端的〉、許友彬的〈蕉風六記〉，和梅淑貞的〈夢裡相思〉。今時今日，隔著二十年的距離往回看，這幾篇文章，加上該期的編輯室報告〈我在蕉風休刊的最後日子〉，可說是為我們保留了傳奇終結之際最現場的感受。其中值得注意的要點有三：

一、至出版最後一期，《蕉風》的自我定位為「一本純文藝性質的刊物」。[1] 其之「純文藝」，在馬華文壇顯然是存在已久的認知。在七〇年代已聲名鵲起的詩人梅淑貞說，《蕉風》是她「青澀的六十年代裡一座神聖無比的殿堂」；[2] 至九〇年代末，休刊號上一名年輕作者也同樣以「文學殿堂」來形容《蕉風》。[3]

二、作為上世紀末馬華最重要的純文藝雜誌（如果不是碩果僅存的話），停刊的意思，不是停止出版那麼簡單。姚拓在休刊啟事中指出，由於本地純文藝刊物讀者人口有限，《蕉風》自出版以來沒停止過虧損。他略陳《蕉風》從創刊起，至其後隨物價騰漲而逐漸加重的虧損數額，申明這些款項一向皆由吉隆坡友聯文化事業有限公司承擔，並逐一開列友聯屬下公司名字，解釋隨老董事退休，公司業務交由新一代管理。言下之意，是新公司無意再擔負雜誌虧損。《蕉風》常年固存的經濟窘境，亦可從曾任《蕉風》編輯的許友彬和張錦忠的上述文章中一再得到確認。儘管如此，我們從該期編輯室報告，及以日記方式記錄事態進展的〈蕉風六記〉可知，停刊並非可以輕易達致的決定，即使在最後階段，這個「決定」還是充滿變數。主事者對它的情難割捨，是比較容易理解的原因之一。然而，一家機構結束旗下虧錢日久的營業，又為何須在啟事中鄭重交代原由？顯然，《蕉風》的意義已不僅僅是一本純文學刊物。作為走過馬來西亞建國前後幾個不同歷史階段的純文學刊物，它更是一份文學資產，馬華文學史精粹的資料庫。停刊，意味著將資產變成遺產，資料庫變成博物館。因此許友彬才會假設，如果他和一群「老蕉風」承接過《蕉風》的擔子，一定不敢讓《蕉風》停刊，「我們不敢讓蕉風比我們先死，那我們會成為千古罪人。」[4]《蕉風》的出版，似乎是沉重的社會責任。

1 蕉風編委會編輯和顧問們（姚拓），〈蓄足精力　再次奔馳——蕉風暫時休刊啟事〉，《蕉風》第四八八期（一九九九年二月），頁二。

2 梅淑貞，〈夢裡相思〉，《蕉風》第四八八期，頁八。

3 詳〈蕉風信箱〉劉富良來信。《蕉風》第四八八期，頁九。

4 許友彬，〈蕉風六記〉，《蕉風》第四八八期，頁七。

三、所以才有「把棒子交出去」的設想。《蕉風》的編輯工作曾在許多風格各異的文人手中交接過，然其出版一直都是在友聯的經濟承擔下進行。要在友聯易手後賡續《蕉風》出版，則須再另作委託。在那則休刊啟事中，姚拓對於「交棒」的想法是，先籌募一筆款項，成立「蕉風出版基金會」，然後交由專門設立的基金委員會管理並籌畫以後的出版。如此看來，那「棒子」，不只是一面經營了四十多年的招牌，還包括了社會責任，與文學信念。

然而，後來的事態發展不完全按照當初的構想。蕉風出版基金會未能成立。二〇〇二年，《蕉風》復刊，以期號第四八九接續出版，已是由南方學院馬華文學館一力承辦。「友聯─《蕉風》」正式走入歷史。

對《蕉風》歷史的回顧與討論，可謂開始得早，發展得慢。在它休刊的同一年，即有張永修的〈從文學雜誌的處境談末代蕉風〉一文，從副刊編輯的經驗，談《蕉風》末任編輯的特色。[5]其後出現的討論相當零散，其中較具持續性與具影響力的，當屬曾兩度擔任《蕉風》編輯的張錦忠的論著。而研究成果較集中的展現，則須等到二〇一六年，由拉曼大學中華研究中心與馬來西亞留台校友會聯辦的「文學、傳播與影響：《蕉風》與馬華現代主義文學思潮」國際學術研討會。[6]

爬梳這些年來《蕉風》研究的脈絡，可發現兩條主線，一條集中在對現代主義的討論，另一條則為冷戰論述。以下分別概述。

二

張錦忠是《蕉風》現代主義文學最熱情的研究者。除卻在上述拉曼大學研討會上發表的〈論「馬華文學批評匱乏之論」與《蕉風》〉，以及晚近幾篇與《蕉風》第一任執行編輯方天有關的短文，[7]他早期的討論重點，主要聚焦在《蕉風》借助翻譯推動現代主義文學，與對現代詩的提倡之上。

張錦忠最早的討論以以色列理論家易文—佐哈爾（Itamar Even-Zohar）的複系統理論為切入點，以陳瑞獻為個案，緊扣一九六九年陳瑞獻加入《蕉風》改革的編輯陣容，而促成的新馬兩地兩股推動現代主義文學勢力之匯流。他指出，六〇年代中期以後，陳瑞獻、梁明廣這類才氣縱橫、視野深遠的作者與編者的出現，以翻譯文學填補創作文學之不足，並結合新加坡「六八世代」青年作者與《蕉風》的人力物力，才形成了新馬現代主義文學的第二波浪潮。與此相關的論文，多收錄在他二〇〇三年出版的《南洋論述：馬華文學與文化屬性》一

---

5 此文最初發表於南方學院所辦「九九馬華文學國際學術研討會」（一九九九年九月十一至十二日），後收錄於許文榮所編研討會論文集《回首八十載・走向新世紀》（士古來：南方學院，二〇〇一），頁四〇一—四一七。

6 該研討會二〇一六年八月二十至二十一日在八打靈再也舉辦。本文過後提到此研討會的論文，不再另注。

7 比如〈小寫方天〉、〈再寫方天〉與〈文學史料匱乏之窘境——以方天為例〉，分別發表於二〇一五年八月三十一日、二〇一五年九月十四日，及二〇一五年九月二十八日，是他在《南洋商報・商餘》版的專欄文章。

書中。

張錦忠對馬華現代主義浪潮的探討，從第二波開始，而後方上溯第一波。二〇〇八年在博特拉大學所辦第五屆漢學研討會上，他發表了〈亞洲現代主義的離散路徑：白垚與馬華文學的第一波現代主義風潮〉。這篇論文勾勒五〇年代末、六〇年代初，白垚的詩學思想革新理論與書寫實踐所掀起的「反叛文學運動」的歷史面貌，認為這場運動雖未捲起高蹈現代主義風潮，卻帶動了「自由體」的盛行。他把這種風氣，與同時出現的白垚〈現代詩閒話〉與黃崖〈現代文學欣賞〉系列文字所體現的文學現代化現象，稱為「馬華文學的第一波現代主義運動」。而追溯白垚〈新詩的再革命〉宣言系譜，張錦忠亦指出了現代主義華文文學在台灣、香港、新馬華語語系文學場域的離散與散播路徑。其後張錦忠出版專著《馬來西亞華語語系文學》（二〇一一），其中有兩章特別與上述兩波現代主義浪潮有關，而對上述說法也多有重述。後來對《蕉風》的討論多集中在現代主義的傳播與現代詩，可能多少受了張錦忠的影響。

方桂香的博士論文《新加坡華文現代主義文學運動研究：以新加坡南洋商報副刊〈文藝〉、〈文叢〉、〈咖啡座〉、〈窗〉和馬來西亞文學雜誌《蕉風月刊》為個案》（二〇一〇），在論及新馬現代主義運動與《蕉風》的部分，看法大致與張錦忠相近。而伍燕翎、潘碧絲、陳湘琳合撰的〈從《蕉風》（一九五五—一九五九）詩人群體看馬華文學的現代性進程〉（二〇一〇），對現代詩浪潮之形成的解釋，顯然亦受張錦忠所啟發；其所指現代性，主要表現在彼時詩歌所反映的現實內容，包括國家認同、本土意識、現代情感、現代生活方式與心理狀況之上，然對其之所以產生未做深究。

二〇一六年「《蕉風》與馬華現代主義文學思潮」研討會，豐富了相關範疇的成果。其中，謝川成〈《蕉風》七〇年代：後陳瑞獻時期現代文學的傳播策略〉，鎖定七〇年代後半葉的《蕉風》，然而「後陳瑞獻時期」與「陳瑞獻時期」的現代文學傳播策略，大致無甚差異。同樣談文學傳播的還有李樹枝〈升起現代文藝的大纛：《蕉風》、余光中與馬華現代主義文學〉。他指出一九六四至八九年間，《蕉風》乃以轉載與編輯作為方法，借推介台灣現代主義典範作家余光中，以傳播現代主義文學。另外，林建國的〈文學現代主義作為方法：從《蕉風》中譯《尤里西斯》談起〉一文，則批判把一九七〇年《蕉風》所刊《尤里西斯》中譯，作為現代主義的神壇信仰。

談「反叛文學運動」的有兩篇，分別是黃琦旺的〈反叛文學誰在反叛：談戰後馬來亞的新寫實及獨立前後《蕉風》的「現代」〉，與賀淑芳的〈現代主義白堊紀：反叛、局限與孕育〉。前者比較戰後以至獨立前後寫實與現代兩種風格中的「現代性」，主張現代詩的詞語才是「反叛文學」真正的意義。後者則以白垚為討論中心，乃其博士論文的部分成果。其博論《蕉風創刊初期（一九五五—一九五九）的文學觀遞變》（二〇一七）除了討論《蕉風》創刊初期的本土認同與家園想像之外，也分別討論四位與《蕉風》相關的南來文人——方天、馬摩西、姚拓、白垚，探討在冷戰局勢編碼中，他們的書寫與文學觀，是否可能從「反共」與「馬來亞化」的宗旨中剝離開來。

此外，尚有以常見於《蕉風》的個別作家為研究對象的，比如李有成〈溫祥英小說的文學史意義〉、溫明明〈「烏托邦幻滅」之後：李宗舜一九八一－一九八三在《蕉風》上的詩歌寫作〉，與林春美〈張寒與梁園——蕉風「現代派」的兩個面向〉，此不贅述。

三

從冷戰脈絡切入討論《蕉風》，主要與其母體——友聯——相關。友聯接受美國經濟援助的傳言與揣測，在五〇年代已經出現，這也是當時《蕉風》遭左翼文學陣營抵制的原因。檳城資深報人謝詩堅在其博論《中國革命文學影響下的馬華左翼文學（一九二六－一九七六）》（二〇〇九）裡論及《蕉風》這本「右派刊物」時，就特別強調它的反共背景，及與美國新聞處之間的密切關係。然而友聯同仁對此諱莫如深，甚至事隔五十年，姚拓、白垚在他們相繼出版的自傳和回憶錄中（《雪泥鴻爪》，二〇〇五；《縷雲起於綠草》，二〇〇七），都沒有對此做出回應。

然而，在香港，一些他們的同時代人、或者曾經參與其事的文人的著述，卻逐漸讓友聯的背景浮現出來。其中，以盧瑋鑾、熊志琴編輯整理的口述歷史《香港文化眾聲道》（第一冊，二〇一四；第二冊，二〇一七）最具代表性。該書收錄多位五、六〇年代活躍於香港的文化人的訪談，他們主要都是和友聯機構或《中國學生周報》有關的人士。其中有幾位，比如何振亞、奚會暲、古梅、王建武，都曾經參與友聯在馬來西亞的工作。這本書以歷史當事人的口述方式，第一次那麼集中的將友聯確實曾經接受美援之事，公諸於世。它後來在討論《蕉風》的文章中常被引述，可見其影響之大。

此外，晚近台灣學者的研究，尤其是陳建忠的〈「美新處」（USIS）與臺灣文學史重寫：以美援文藝體制下的臺、港雜誌出版為考察中心〉（二〇一二），與王梅香的《肅殺歲月的美麗／美力：戰後美援文化與五、六十年代反共文學、現代主義思潮發展之關係》（二〇〇五）、《隱蔽權力：美援文藝體制下的台港文學（一九五〇—一九六二）》（二〇一五），雖然並未涉及馬華文學，然而對於討論《蕉風》而言，卻有極大的幫助。其中最大的作用可能在於以美國國家檔案局的解密檔案，確證了友聯出版社與美國新聞處之間的關係。

上述著作對《蕉風》研究影響深遠。在其後對《蕉風》的討論中，友聯的美援背景，以及它創辦年代的冷戰氛圍，即變成論述的切入點，抑或關懷所在。莊華興的〈語言、文體、精神基調：思考馬華文學〉（二〇一五）一文即指出，在冷戰氛圍下，馬華文學的精神基調，從戰前現實主義雜文體的批判精神，轉向戰後現代主義抒情（悲情）敘事體精神，形成以「聲部」（控訴，繼而產生孤憤情緒）與感官取代抽象性思維的異化現象。追溯這篇文章中「現代主義」的開端，即來源於戰後一批南來文人，以及他們所創辦的《蕉風》。他在另一篇文章〈戰後馬華（民國）文學遺址：文學史再勘察〉中，指這些一九四九年之後離境在外的文人，將馬來亞建立成他們在香港之外的第二個民國文化文學場域。而《蕉風》，作為「民國文學」在海外的基地，在五、六〇年代引進現代主義思想，是一種歷史發展的必然性，而這其中的關鍵，就是世界的冷戰大結構，以及友聯的美援背景。而他們在鼓吹現代主義信仰的背後，其實藏著「鮮為人知的政治目的與使命，即透過現代主義貫徹個人主義與自由民主的思想」。因此，他認為，在冷戰的時代氛圍中，是「馬華（民國）文學」把國共勢不兩立的情況帶到新馬，並以現實主義與現代主義對立的形式出現。後一篇文章是二〇一五年在中國暨南大學所辦的馬華文學研討會上發表的。

在同一場研討會上，還有另一篇討論友聯的文章。那是許文榮的〈文學跨界與場域適應〉。他以布赫迪厄的場域理論，論述香港友聯之所以能夠跨界開闢文學疆場，並很快在馬華文學場域中如魚得水，主要因為能適應馬華場域的慣習，這得力於它的反共背景、《蕉風》的馬來亞化方針，及其所發起的現代主義風潮。賴美香〈美援文化下的馬來亞華文出版界：以五、六零年代友聯出版社為例〉（二〇一七）一文，同樣以布赫迪厄的理論來切入討論，但顯然從王梅香、盧瑋鑾諸人的著作中，掌握了比許文榮更多的有關友聯美援背景的資料，所以可以更「確鑿」的論述友聯如何憑借其經濟資本、政治資本等優勢，在馬華文學場域取得方便。這是她後來碩士論文《從冷戰前期星馬出版的期刊雜誌探討馬華文學的生產（一九五〇—一九六九）》（二〇一九）的部分內容。

以友聯來解釋《蕉風》，把背景變成前景，似乎成了一種趨勢。即使在以「《蕉風》與馬華現代主義文學思潮」為主題的研討會中，也出現幾篇與此相關的文章，比如許通元

〈《蕉風》這道謎題：從友聯與亞洲基金談起〉、賴瑞和〈《蕉風》的台灣化時期（一九六四—一九六七）〉、郭馨蔚〈台灣、馬華現代主義思潮的交流：以《蕉風》為例（一九五五—一九七七）〉，及辛金順〈重置與編碼：論冷戰時期《蕉風》的現代文學生產、傳播功能和意義〉。[8]這些文章多把友聯的美援背景、其同仁的人文主義與自由主義立場，視為其政治議程，並以此來解釋《蕉風》各個時期的演化與走向。其中一些言論匪夷所思，將《蕉風》「陰謀化」，比如把前文所言的「蕉風出版基金」之籌辦不成、復辦《蕉風》的意圖等，渲染成令人揣測的「迷思」；又或者為《蕉風》早年沒列出編輯名字的做法，塗抹上幾分「不可告人」的神祕色彩。

綜上所述，可知近幾年對《蕉風》的討論，很大程度集中在友聯的政治背景，及美援文化對其編輯方針與文學生產的作用之上。冷戰結構、美援文化對於文學生態自是有其不能忽視的影響。可是，我的疑問是：它是否就是文學生產唯一可能的、抑或最合理的解釋？

四

本書收錄論文八篇。除了第一篇寫於二十年前，其餘皆是這十年的著作。

8 辛金順之文，因未派發論文，故此處存而不論。

〈想像方天，以及他的時代〉是應《南洋商報．南洋文藝》「出土文學系列」的方天特輯而寫，是我論《蕉風》的第一篇短文。那是二〇〇〇年，《蕉風》尚未在南院復刊，[9]新國大的電子掃描版更是還未出現，我依據的原始資料，只能是我手上僅有的早年幾十本《蕉風》。相對於上個世紀七、八〇年代以降我們對《蕉風》作為純文學刊物的常識一般的認知，翻閱早期《蕉風》使我驚訝的發現，原來它在創刊初期所追求的，不是「純文藝」，而是「純馬來亞化」——當然，「純馬來亞化」如今已是對《蕉風》的一種新常識，有時甚至還可作為友聯陰謀論的起點。這都是後話了。而我認為，去國離家的一代文人對於新生國家的憧憬，及「馬來亞化」所表徵的現實主義精神，自五四以來就被視為檢驗知識分子的社會責任與道德承擔的尺規，在理解方天以及他的時代時，是應該予以考量的。這篇文章在體制上與本書其他篇章相去甚遠，勉強收錄，一方面固然是敝帚自珍，另一方面亦為客觀存照二十一世紀初年一般馬華文學讀者普遍的「《蕉風》印象」。

〈獨立前的《蕉風》與馬來亞之國族想像〉，是根據我一篇寫得極不滿意的英文論文大幅度改寫而成。後者二〇一〇年宣讀於博大主辦的第二屆外語國際學術研討會，距〈想像方天〉，已有十年。〈非左翼的本邦——《蕉風》及其「馬來亞化」主張〉，則是二〇一四年宣讀於台灣國立東華大學所辦第六屆「文學傳播與接受」國際學術研討會。這兩篇文章大體上都是重訪「方天的時代」，並進一步思考冷戰氛圍、美援背景、戰後第三世界的反殖民主義浪潮、馬來亞政治狀況、在地資源等，與初期《蕉風》「純馬來亞化」主張之間的關係。

友聯諸人抵達馬來亞，正值國家獨立前夕，意識形態鬥爭正烈之際。他們創辦《蕉風》的一九五五年，聯盟政府與馬共的「華玲會談」進行在即，左翼是文壇最強悍的勢力。這股勢力在一九二〇年代下半葉，即已隨中國革命文學的興起，與一九二七年國民黨北伐之後南來的一批文人的提倡，以「新興文學」的名目崛起。我們從當時力倡新興文學者的文章中知道，「所謂新興文學就是普羅列塔利亞文學」。[10]根據方修的統計，在新興文學的高潮期（一九二九年初至一九三〇年底），先後發刊而具有一定水準的新興文學刊物，就有廿種之多。[11]這股文學勢力在其後不同的歷史階段儘管名目不再「新興」，卻仍持續發展；與此同時，也持續面對來自不同層面的打擊。一九四八年，英國殖民地政府頒布緊急法令，禁止左翼政治運動。隨著左傾刊物遭查封、左翼文人被拘捕或被令出境，「嚴肅的文藝」陷入低潮。[12]然而，一九五三年，新加坡一中學女生慘遭姦殺的事件，不意竟激發起馬華文壇一場

9　南院馬華文學館所藏《蕉風》與《學生周報》，基本上是友聯轉手前從出版社倉庫裡清點出來的藏書，大約在二〇〇〇年左右由姚拓先生代表友聯贈予南院。何振亞在二〇〇四年接受盧瑋鑾與熊志琴訪問時，說友聯把在馬來西亞的「家當」賣掉時，「剩下的《蕉風》給人家當廢紙賣掉了，都沒有了」（見《香港文化眾聲道》第一冊（香港：三聯書店，二〇一四），頁三二一），恐怕與事實有所出入。

10　衣虹，〈新興文學的意義〉，見方修編《馬華新文學大系》理論批評一集（新加坡：星洲世界書局，一九七二），頁一〇三。

11　詳方修，《馬華新文學簡史》（吉隆坡：董總，一九八六），頁七〇—七一。

轟轟烈烈、延燒數年的反黃運動。方修認為，那場反黃運動為馬華的「文藝復興」提供了有利的條件。他說：

當時的反黃運動成了其他各種青年學生運動的先導，又間接地刺激了整個社會運動的升漲，星馬人民終於重新喊出了反殖的呼聲，普遍地要求結束戰亂，爭取獨立自主。停滯了好幾年的當地的職工運動也在這個時候再度崛起，展開了波瀾壯闊的改善生活的抗爭。[13]

由此可知，「反黃」，其實是與反殖、反壓迫、反剝削等左翼政治抗爭聯為一體的，是左翼文學借一宗社會慘案所進行的文化突圍。因此，謝詩堅在他對左翼文學的研究中，直接將一九五三年的反黃運動，視為馬華左翼文學的「東山再起」。他進一步指出，「領導左翼文學批評的文史作家方修」，就是在這場運動中出現的「兩個具有影響力的左派統戰代表人物」之一。[14]自五〇年代起就開始主導馬華文學論述的方修，作為編撰馬華文學大系、書寫馬華文學史的先行者，他等身的著作讓他擁有足夠的權威去定義「什麼是馬華新文學」，[15]並且界定「馬華文學的現實主義傳統」——那是從舊現實主義朝新現實主義方向邁進的傳統。而舊與新現實主義，簡言之，即分別是資產者與無產者的現實主義。[16]

在如此的政治文化語境中，《蕉風》的創刊，及其往後多年較之左翼刊物更為持續而穩健的出版狀況，無疑為馬華文學提供了一條「非左翼」的道路。儘管並非開路者，但在其後的歷史發展中，它卻形同一條highway。很巧，這竟是它首任主編方天之原名「海威」的英文諧音，他亦因此曾以「高路」為筆名。[17]從方天以降，至黃崖、白垚時期，左翼一直都是他們文學經驗中的強大對立面。然而，馬華文學中左翼與非左翼兩條道路之間到底相去多遠？我在〈非左翼的本邦〉一文中指出，《蕉風》的馬來亞化主張，與左翼所鼓吹的愛國主義文學路線，其實也有某個局部的平行與接近之處。而如果五〇年代中後期左翼的愛國主義文學主張，是「馬華文藝的自立運動」的後續發展面貌的話，[18]那麼它在時間或繼承關係上最靠近的前身，應該是戰後在左翼文壇內部掀起風浪的「馬華文藝獨特性」之說。[19]以多

12 詳楊松年，《新馬華文現代文學史初編》（新加坡：BPL（新加坡）教育出版社，二〇〇〇），第十章。
13 方修，《戰後馬華文學史初稿》（吉隆坡：董總，一九八七），頁一〇五。
14 另一人是領導「左翼政治統戰」的林清祥。見謝詩堅，《中國革命文學影響下的馬華左翼文學（一九二六—一九七六）》（檳城：韓江學院，二〇〇九），頁一二六、一七五—一七六。
15 方修，〈總序——馬華新文學簡說〉開篇第一個小標題，見《馬華新文學大系》理論批評一集，頁三。
16 方修，〈馬華文學的主流——現實主義的發展〉，見《馬華文學的現實主義傳統》（新加坡：烘爐文化企業公司，一九七六）。
17 這是五〇年代中與方天有過一些交往的已故馬華作家馬漢，在一次談話中向我提及的。高路著作，亦可見於《蕉風》。
18 詳方修，《戰後馬華文學史稿》第五章。

（趙戎）認為，這場論爭的重要性，在於「它擺脫了附庸中國的狀態」。[20]而在政治與文學路線上主張「擺脫附庸中國的狀態」，不也正是五、六〇年代《蕉風》所明白揭示的立場嗎？由此看來，儘管在意識形態與美學追求上其道不合，然而在彰顯在地認同、追求馬華文學的本土化、建構馬華文學的主體性方面，左翼與非左翼可能都不像他們彼此的相互攻訐中所想像的那般截然異路。美援背景在過去和晚近的論述中，雖常被用作對友聯文人的道德指控，然而，方天式的寫實主義、黃崖白垚式的現代主義，卻未嘗不更是對馬華左翼文學的政治功利性主張做出抗衡的結果。

「現代派」，是《蕉風》繼（不被左翼認可的）「馬來亞化」之後的另一個風格路線。學界一般以為，一九五九年第七十八期的《蕉風》改革，以及白垚具標杆性的〈新詩的再革命〉在該期的刊登，是《蕉風》有意高揚現代主義文學大纛的起點。應邀為張錦忠、黃錦樹、高嘉謙等人計畫中的《馬華文學與文化讀本》而寫的〈馬華現代主義文學的起始〉一文，是對這個誤解的回應。

白垚與黃崖是馬華現代主義文學的重要推手，同時也是促成《蕉風》純文藝轉型的關鍵人物。同樣是五〇年代末從香港友聯南渡的文人，他們最後與友聯的關係迥異。前者到晚年尚且懷念他與友聯同道「浮槎繼往」的旅程，後者則在六〇年代末早已與之分道揚鑣。〈身世的杜撰與建構——白垚再南洋〉與〈黃崖與一九六〇年代馬華新文學體制之建立〉，分別論述這兩位《蕉風》編輯陣容中最後的南來文人（姚拓自六〇年代末以後長期在編輯團中，但不主事，故不算）。這兩篇文章觀照白垚的南洋與再南洋、黃崖的友聯與後友聯的著述與理念，兩相對照，或更可顯見我早年在論述方天時已約略指出、而尚未能辯析的現代知識分子傳統在這群文人身上的體現。

現代主義文學在馬華文壇引起最大爭議的文類是詩歌，然而在六〇年代，在《蕉風》獲得最大發揮空間的，卻是小說。〈張寒與梁園——一九六〇年代《蕉風》「現代派」的兩個面向〉與〈蕉風吹到大山腳——一九七〇年代小說敘事〉，即分別論述那二十年間在蕉風椰雨中成長起來的本土第一代現代小說家。

黃崖在六〇年代初接任《蕉風》主編之後，曾積極南下北上在馬來半島不同城鎮召開座談會，與當地青年作家共商成立文社與出版小型文學刊物的計畫，終於在一九六二年，分別在北馬、中馬、南馬三地，促成海天、荒原和新潮三個青年文社的成立。[21]梁園與張寒，

19 謝詩堅說這是一場「不涉及意識形態，而是涉及馬華新文學的主導權應由中國的革命文學來推動或由馬來亞當地語系化的左翼文學來推動」的論戰。可參考《中國革命文學影響下的馬華左翼文學（一九二六—一九七六）》，頁一三〇—一四一。

20 以多，〈現階段的馬華文學運動〉，收入《現階段的馬華文學運動》（新加坡：南洋大學創作社，一九五九），頁一一。

21 詳拙作，〈黃崖〉，收入何啟良主編，《馬來西亞華人人物志》第二卷（八打靈再也：拉曼大學中華研究中心，二〇一四），頁五三四—五三七。

即分別來自海天社和荒原社。他們都是極受黃崖器重的青年小說家，作品獲刊於黃崖時代的《蕉風》的數量，可說是一時之最。然而若說他們都是「現代派」，則其小說思想與風格樣貌又何其異趣。而無論從精神抑或技巧方面都更熱情擁抱西方現代主義思潮的，是七〇年代的大山腳小說家群。這些小說家不少曾活動於海天的文學場域，有些從年齡上說雖然是梁園的同齡者，但在文學上嶄露頭角卻是六〇年代末以後的事。因此，這批與《蕉風》早有淵源、卻在海天隱去之後方才醒目崛起的大山腳小說家，可說是《蕉風》所帶動的現代主義風潮在北方的繼承者。另一方面，由於黃崖一九六九年離職，白垚在編輯團中扮演積極角色大約也只到七〇年代中期，而之後《蕉風》編務多由本土生長的文人主事，因此〈蕉風吹到大山腳〉所討論的現代小說家群，也可說是非左翼南來文人文學影響的「遺緒」了。

馬華現代主義文學在六、七〇年代之後日益壯大。這種情況不盡然如論者所言，是馬華左翼文學陣營因遭受中國文革失敗之打擊而「留下真空」之故，才有機會「擠入主流」；[22] 而更可能是文學體制的變化與文學場域內部的代際更替之間的相互作用所致。六〇年代《蕉風》反政治功利性的文學觀，及其對「純文學」的標榜，使現代主義文學成為一種新的審美符號。與此同時，歷史與社會條件的改變，使在地文學生產者與接受者提高抑或豐富其文化資本的機會越發成為可能。這不僅直接影響了他們「純粹審美的目光」之獲致，[23] 亦使新的審美符號獲得一眾新的實踐者，醞釀了日後的收成。

現代主義不必然是「非左翼馬華文學」唯一的可達之境。雖然它在六、七〇年代確實走向了現代主義，然而若回到本文的開端，從友聯—《蕉風》的終結點往回看，這本「非左翼馬華文學」刊物的定位，其本質，卻始終是素樸的文學之非功利性。

22 謝詩堅，《中國革命文學影響下的馬華左翼文學（一九二六—一九七六）》，頁一九六。

23 張意，〈文學場〉，收入趙一凡、張中載、李德恩編，《西方文論關鍵字》第一卷（北京：外語教學與研究出版社，二〇一七），頁五八八。

想像方天，以及他的時代

編輯委員。編輯團。執行編輯。編輯。上述諸名目多年以後都曾出現在幾個老蕉風們的回憶與記述裡。至於各個名目所司何事，在幾十年的情感作用下，多少都蒙上了一層回憶慣常的模糊屬性。

似乎就這樣一路模糊到休刊的四八八期。

在《蕉風》「紀年」中，這些名目的援用沒有一定的規則可循。有些年代執行編輯同時也是編輯委員，有些年代執行編輯被列於編輯團之外；有些年代非常強調編輯團的勢力／實力，有些年代則僅剩下獨挑大樑的執行編輯外加一名編輯。《蕉風》四十三年的出版歲月，曾參與編輯陣容者眾，他們的名目難免有相同的，但作用和功能卻是「不可同日而語」。到底誰真正編輯了《蕉風》？作為一個（已故）編輯，我相信，最初階段的集思廣益或許是有的，但是一份刊物的面相最終還是成於一個——或至多是少數幾個——「主謀」之手。我是從一個後期《蕉風》所謂執行編輯的經驗與情感出發，「推己及人」，如此來想像方天的。

對照《蕉風》早年出版人申青〈憶本刊首屆編委〉，與《蕉風》老牌編輯姚拓、小黑、朵拉聯名發表的〈四十二年來的《蕉風》〉，[1]看來也難以擬出一份鐵一般肯定的《蕉風》創刊之初的編委名單。對於當初不曾立紙為憑的陳年往事，誰的記憶更正確、或更完整一些，已無從考。比較不具爭議，並也可從那個時代的作者如溫祥英、苗秀等人的文字中得到佐證的是：《蕉風》首任執行編輯是方天。我猜想，當時的編委如李汝琳、馬摩西、陳振亞、曾鐵忱、范經等，都是在「沙漠的邊緣」（創刊號裡馬摩西文）相濡以沫的文化人，都曾在不同程度上以各自的意見、稿件、影響力等各種形式支援《蕉風》。然而，最終將種種思想激盪落實為三十二開本印刷刊物的，是方天。

那麼，方天究竟編過多少期的《蕉風》？根據《蕉風》慶祝創刊三十八周年舉辦的一項活動的展覽資料，方天是「從第一期編到第二十四期」。〈四十二年來的《蕉風》〉一文所附錄的歷任編輯表亦只把方天劃入一九五五至一九五六年。由於《蕉風》早期是半月刊，所以「編了二十四期」與「任期一年」這兩個說法，大致上可以互為注釋。然而，姚拓先生近日在電話中針對我的相關詢問的回答是：《蕉風》是在方天離開新加坡之後，才遷到吉隆坡的；所以，只要《蕉風》是在新加坡印刷的一天，執行編輯都是方天。如果真可以從版權頁上印刷地點的變更作為編輯任務易手的標記的話，那麼《蕉風》的「方天時代」大約得延長至一九五八、一九五九年左右。但是，這個說法又與另一些記載中方天離開新加坡的年分相左。

資料的闕如、散佚與不確定性，使理解方天或《蕉風》的方天時代成了一件不容易的事。我選擇以較保守的姿態，在創刊號至第十八期的空間裡，嘗試想像方天。理由非常簡單：因為我手頭上的《蕉風》從第十九期起就缺漏了一年有餘，而且首十八期的熱度以及其

1　前者見《蕉風》第四八三期（一九九八年四月），頁八四－八六；後者收錄於江洺輝主編，《馬華文學的新解讀：馬華文學國際學術研討會論文集》（八打靈再也：馬來西亞留台校友會聯合總會，一九九七），頁七六－八一。

中方天的著作，讓我直覺地相信那是出自同一個「主謀」的手筆。

創刊號以降十數期的封面上，在刊名「蕉風」之外，皆有一行級數不算太小的字體，標明「純馬來亞化文藝半月刊」（這行文字不知什麼時候開始不復出現。但肯定不遲於一九五九年十一月號的第四十九期）。我們後來提起《蕉風》，一般上比較傾向於把重點放在它的「純文藝」上。但是在方天時期，《蕉風》反覆強調的卻是「純馬來亞化」。其實，刊物之命名本身，就已經清楚表明了它的路向：「蕉風二字除去代表南洋風味外，並沒有什麼特殊意義」。[2]

從一九五五年十一月的創刊號開始，《蕉風》稿約的第一條，就是徵詢「以馬來亞為背景之文藝創作」。而在第四期的「讀者．作者．編者」一欄裡，方天更直接把純馬來亞化看成是《蕉風》的「主題」。從十八期《蕉風》所刊登的文藝創作上看，這個時期的《蕉風》在題材上確實表露了與這個「主題」相符的強烈意願：小說刻畫紅毛鬼膠園和牛車水的喪禮，遊記描繪冷水河新村和柔佛巴魯的海濱，隨筆書寫馬來亞的天氣；所邀約的評論，也特別強調文學的「此時此地」性質。在作品的語言方面，「純馬來亞化」的意念則體現為一種不拒其雜的實驗熱情和開放態度。方天不僅在文章的選取上，就是在自己的創作中，也對多籍貫的方言，或與方言「交姻」（kahwin）了的土語，採取相容並蓄的做法。當然，如此的做法不是能為全部人所接受的。第十六期的「信箱」就出現了一名讀者來函，提出〈關於用方言寫作的商榷〉。

另外，「純馬來亞化」的「主題」在其他枝節上也顯然一以貫之。甚至在封面設計上，方天也考慮到「在頭十二期內，每期請一位現居星馬的畫家設計封面插圖一幅，以馬來風光為主題，並配以蕉葉，使畫與本刊刊名，發生一種聯繫的意味。」[3]

對「純馬來亞化」的標榜，對於方天而言，是否只是一種編輯或寫作上的策略？我想不是。在那個時代，「南洋」大概還不是多麼有利的賣點。因為如果是的話，較早前曾在馬來亞小住的流行小說家徐訏除了以熱帶天氣與女人的衣著作為一篇短篇小說的話題以外，應該還有更多可以「發揮」的。方天或他那個時代的《蕉風》所執著的「馬來亞化」，大抵可以與所謂「現實性」合為一說。而他們對文學之現實性的看法，則可以從屢屢置於卷首、看來頗受重視的作家李亭的幾篇論述中窺見端倪。李亭說道：「我們談到寫作，首先要注意的是現實問題。換句話說，就是文學與現實是絕不能分離的。」[4]而「現實」是什麼呢？「我們是居住在馬來亞的人民，我們應當面對馬來亞的現實。」[5]他們的「現實」，就是「馬來亞」。傳統知識分子以文學反映現實的觀念，可能多少賦予方天及他的《蕉風》以「馬來亞

2　蕉風社，〈蕉風吹遍綠洲〉，《蕉風》第一期（一九五五年十一月十日），頁二。
3　〈讀者．作者．編者〉，《蕉風》第三期（一九五五年十二月十日），封底內頁。這是後來我編《蕉風》時，目錄頁以芭蕉作為背景設計的靈感來源。
4　李亭，〈文學的現實性〉，《蕉風》第四期（一九五五年十二月二十五日），頁二。
5　李亭，〈此時此地的文學〉，《蕉風》第二期（一九五五年十一月二十五日），頁三。

化」的道德使命。這固然是一個人的文學觀或人生觀所使然，但另外也似乎不無關於國家認同的問題。

《蕉風》創刊的年分，如果依照楊松年先生的馬華文學史分期，恰好是落在本地意識騰漲、愛國主義文學提倡的時期。我無法解釋為什麼新客方天以及他的《蕉風》同仁會對所謂「時代的召喚」那麼有感應。如果只是單純在《蕉風》裡高呼幾聲「默迪卡」或「猛得革」（馬來語merdeka的不同音譯，獨立之意），那我們絕對可以把它視為低廉的現實主義。但是若新來乍到的編輯可以對作者與讀者做出如下的呼籲，那我們不得不說他確實具有某些敏感度與超前性：

客居僑土，對著綿綿夜雨，詩人是不禁勾起無限鄉思的。但是在馬來亞即將形成一個獨立國家的今天，曾開發這個土地三四百年，以血汗造成馬來亞繁榮的華人，今天不能再以客人自居；尤其是文化工作者，不能再抱著客居的心情，而應負起主人的責任，與馬來亞各民族精誠的合作起來，共同建設馬來亞文化。[6]

這段文字所包涵的意識與心態，已與二、三〇年代南來編者譚雲山的「我們暫時居於斯，衣於斯了，我們就不能不盡點小小的責任，對於斯不能不有點暫時的小小的貢獻，也可說是報酬」大不相同了。

馬來亞獨立前夕，《蕉風》刊登了幾篇尖銳的討論「馬來亞化」與「馬來化」問題的「雜感」。最初提出問題的是一署名慧劍的作者；隔一期，馬摩西與海燕即對他的問題做出回應。除了馬摩西是當時著名作家，其他兩個筆名今日已不知何許人也，但他們提出的見解，絕不等閒。總括而言，三人都認為「馬來亞是馬來亞人的，當然一切應該馬來亞化」。而所謂「馬來亞化」，不能因為其中的「馬來」二字，而被等同於「馬來化」。「馬來亞化」不應該是單一族群壟斷式的文化，它應該是各民族文化交流的結果，是「融合各民族文化的一個新的文化」。[7]從方天不止一次刊用同一課題的文章看來，他不可能不曾關注國家認同／「選擇」的問題。他在多篇編後話裡的所言，亦顯示他確實思考過他的族群在這個即將誕生的「國家」裡的地位問題。

因此，在追尋一個國家——馬來亞——的大前提下，「文藝半月刊」的定義是相對寬鬆的。當年的《蕉風》除了純馬來亞化的文藝創作之外，也對純馬來亞化的翻譯與采風特別感興趣。它不僅持續性地以一定的篇幅刊載本地民間傳說、寓言、童話、軼事、歌謠等文類，

6〈讀者‧作者‧編者〉，《蕉風》第六期（一九五六年一月二十五日），封底內頁。

7 詳見慧劍，〈馬來亞化是什麼？〉，《蕉風》第十六期（一九五六年六月二十五日），頁六—七；馬摩西〈馬來亞化問題〉與海燕〈馬來亞化與馬來化〉，二文同刊於《蕉風》第十八期（一九五六年七月二十五日），頁一—三、頁四—五。

不僅分八期刊完歷史小說〈馬六甲公主〉，而且也連載押都拉．文西（Munshi Abdullah）所著史料〈百年前的星洲天地會〉、許雲樵的〈新嘉坡掌故談〉，並且也刊登數量可觀的馬來亞風土民俗，如「霸王」（Pawang）捕鱷魚、馬來人為什麼忌食豬肉、印度人的婚禮、沙蓋族的生活等「雜類」文字。這番用心，我認為是方天為自己及其族群在此的長居久安所做的準備。這一點，其實在一九五五年十一月的《蕉風》創刊詞裡，已透露了些許訊息：

> 星馬兩地，我們華族後裔占了全部人口的半數以上，在今後悠長的歲月裡，我們還要與其他馬來亞民族協調的生活在一起。那麼，對於我們生於斯、居於斯、葬於斯的馬來亞，如果不夠了解，豈不被人引為笑談！[8]

「純馬來亞化」的追求，多少是立足於現實生活的需要。儘管「生於斯」可能與諸多編委的實際背景不相符，可是，「居於斯」卻極可能是他們當時的打算；「葬於斯」則是後話了。那麼，在他們於短短的創刊詞中兩度以「我們馬華文化工作者」自許的時候，在他們提出「不再客居」說的時候，他們是否想到了落籍的問題？第十二期的短篇小說〈一個大問題〉對當時雪州巫統分會反對華人出生地公民權，以及華人申請公民權的諸多難題提出抗議：

> 比方說吧，早先我父親是唐山……嗯……嗯……唐山河南省的人，後來因為逃荒，就

逃到南方的廣東梅縣，我就出生在那兒，那我當初就算是梅縣人啦，有誰說我不是梅縣人呢？現在我到了馬來亞，我的兒子生在這兒，當然是馬來亞人啦，這是天經地義的，世界各國都是這麼算的，……再拿坡上雜貨店的陳順源來說吧，他來馬來亞足足有三十多年啦，一步也沒離開過，該有公民權了吧？可是他口齒笨，人不機靈，鄉音說慣了，就只學會幾句馬來話，多了可不會說，英文更是一竅不通，也是沒辦法登記公民權……[9]

這篇小說的作者署名辛生。翻查馬崙的《新馬華文作家群像》，「辛生」這一條目的闕如是意料之中的。意外的是，竟在方天的專頁裡遇見這個名字，才知道原來辛生者，方天也。

後來苗秀說方天是因為申請不到公民權才被迫離開馬來亞，不知是基於這篇小說，還是他另外掌握了更多的「真實」？姚拓先生對苗秀這個說法是不以為然的。根據姚先生，方天在失戀之後大病一場，然後在父親的催促與朋友們的勸告之下，最終離去。

我不是方天的知交，我甚至不是方天的同時代人，各種說法對我來說都只是必須斟酌的資料。然而，結合辛生的〈一個大問題〉和其他著作——「辛生」還在《蕉風》裡寫過一些

---

8 蕉風社，〈蕉風吹遍綠洲〉，頁二。

9 辛生，〈一個大問題〉，《蕉風》第十二期，頁六。

馬來亞民間故事，其中第二期的一篇〈孕婦島〉，是立意作為引玉的磚塊——與方天的編輯理念看，我相信方天儘管是新客，但他不是由始至終都抱著過客的心態對待這個地方。我不知道促使他離去的真正原因，但我覺得他似乎不是從來沒有落地生根的意思。這種「居於斯」的意念在首十八期裡尤其活躍。在我手頭上有的離第十八期最近的四十九至六十期合訂本裡（即按姚先生的口頭資料，仍為方天時代的一九五七至一九五八年），我已經無法感覺到早期的熱度。這個時候就算執行編輯還是方天，但小說家方天抑或辛生都已經不見蹤跡。這個時候方天在做什麼？在失著戀嗎？還是在準備離去？

方天在幾年（一年？）之內匆匆來去，沒有留下多少線索。所以我只能照著自己的邏輯想像方天。畢竟，在更多更翔實的資料出土之前，誰有把握現在就說自己真正／最／絕對理解了方天？

本文原刊於《南洋商報．南洋文藝》，二〇〇〇年九月十九日，二〇〇〇年九月二十三日。

非左翼的本邦

《蕉風》及其「馬來亞化」主張

一

一篇發表於一九六〇年代初，題為〈十年來的海外文壇〉的文章，以同時代人的觸覺敏銳地觀察到，在當時的新馬文壇，左派文藝界「有一股傳統的力量」，這股力量在二戰之後隨中共若干文化人之南來而益加鞏固。儘管一九四九年以後前述文化人北返大陸，「出版界仍大部分操在左派手裡」；即使五〇年代初林有福政府對左翼勢力大舉掃蕩，亦未從根本動搖左翼在文藝界的操控力量。[1] 誠然，當時出版的許多頗具影響的文藝刊物，如《荒地》、《耕耘》、《人間》、《時代報》、《文藝報》、《生活文叢》、《人聞》等，大都是在左翼所主導的工人運動與學生運動中應運而生。[2] 然而，這些刊物的出版壽命一般都不長，在一九五四至一九五六年間，皆先後因政治原因而遭封禁。其中較長壽的《人間》，也不過出版了近兩年而已。[3] 正是在左翼文壇以刊物之停停創創與權力當局進行政治角力的語境中，《蕉風》的出現，不啻干擾了左翼主導的文壇格局。從一份一九六四年出版的馬華文藝雜誌編目中，我們可以發現，五〇年代創刊的文藝雜誌中，只有《蕉風》，是唯一仍然繼續出版的。[4]《蕉風》因其曖昧的「後台」而有的持續出版之勢，深讓左翼文壇引以為患。

二

《蕉風》是由香港南來文人所播種的一株長青樹。這份刊物，以及支撐其出版的友聯出版社之「背景」，一直最為左翼文壇所詬病。一份五〇年代出版的刊物在其〈編者的話〉中，雖未點名，卻已足夠明顯的暗示了《蕉風》表面上執著「純文藝」的旗幟，可是卻「無恥的」「暗地裡接受X金的『幫助』」。[5]另一篇顯然是當年左傾學生所寫的回憶文章，則指責《學生周報》（《蕉風》的姊妹刊物）與友聯出版物的內容「暗塞進了許多反共意識，反華思想」，是在「替美、台方面工作」的。[6]而一部晚近出版的研究馬華左翼文學的論

1　嚴肅，〈十年來的海外文壇〉，《中國學生周報》第五二三期（一九六二年二月二十七日），第七版。
2　韓山元，〈新加坡華文期刊五十年〉，收入王連美、何炳彪、黃慧麗編，《新加坡華文期刊五十年》（新加坡：新加坡國家圖書館，二〇〇八），頁一〇。
3　詳參《新加坡華文期刊五十年》一書中一九四〇至一九八〇年代文藝、綜合類期刊列表。
4　詳南中編著，〈馬華文藝雜誌編目（一九四六—一九六三）〉，收入南洋大學中國語文學會編，《馬華文藝的起源及其發展》（新加坡：獅島書報社，一九六四），頁八一—八四。
5　當時刊物中最能夠「對號入座」、最足以「樹大招風」的，大概也只有《蕉風》。上引〈編者的話〉，收入《海的翻身》（新加坡：星洲新民文化社，一九五七），頁一。
6　宋辰，〈五十年代的學生文藝和文娛活動〉，收入鄭文波等編，《二十世紀五十年代學生運動史料彙編》（全馬華文中學生捍衛華教運動五十周年工委會出版，二〇一〇），頁一六六。

著，則指它「有濃厚的台灣背景和與美國新聞處具有密切的關係」，並將它定位為「右派刊物」。[7]

《蕉風》接受美援、與台灣國民黨政權關係曖昧之傳言，在馬華文藝界流傳甚廣，友聯與《蕉風》的核心人物對此自然亦十分明瞭。然而，即使在友聯正式走入歷史之後，彼等出版的（亦是目前僅有的）兩部自傳性、或有部分回憶錄成分的著作——姚拓的《雪泥鴻爪》（二〇〇五）與白垚的《縷雲起於綠草》（二〇〇七），似乎對此尚表現出程度不一的顧忌，同樣未對其惹人遐思的背景做任何廓清抑或解釋。反而在更早的一九六四年，或許是出於對當時文壇輿論的回應，姚拓曾在《學生周報》創刊八周年之際，就其經費來源引發揣想之事，做出如下「澄清」，或者說——否認：

有一部分不明白我們的人們，有意地或者是無意地說了我們許多閒話。例如有人把本報說成是台灣的特務，或者說是受了某一外國政府或某一政黨的補助。

我在這裡很坦白地告訴各位，學生周報純粹是一個民間的文化事業，我們絕對不受任何國家、任何政府、任何政黨一分一文的補助。我們絕對不牽涉於任何政黨或政治活動。即使某一政府或政黨願意津貼我們，我們也決不接受。

至於本報經費不足的地方，則由友聯出版社補助。因為學生周報是屬於友聯出版社的一個單位。友聯出版社就是我們的大家庭。這個大家庭成立已有十四年，完全是一個民間的文化教育機構，其宗旨為從事民間各種文化教育事業。[8]

上述聲明對撇清《學生周報》「接受外國政府津貼」一事或許不具說服力，然而它卻有助說明一個事實：在馬來亞（以及後來的馬來西亞）的友聯，與十四年前（一九五一年）成立於香港的友聯，原為「一家」。姚拓以「大家庭」指稱他所服務的機構，其修辭甚至就脫胎自香港友聯創始人徐東濱詩句：「不要問我們家在何處／——友聯就是我們的家。」[9]

指友聯／《蕉風》有「濃厚的台灣背景」者，除了以其反共立場而做此推論，或者隱約以姚拓曾為國民黨軍人而做此揣想外，[10]顯然無法提出較可靠的證據。相反的，曾任香港友聯旗下刊物《中國學生周報》社長的陳特，以「台灣一向禁止《周報》與《大學生活》入

---

7 謝詩堅，《中國革命文學影響下的馬華左翼文學（一九二六—一九七六）》（檳城：韓江學院，二〇〇九），頁一九四—二〇〇。

8 姚匡（姚拓），〈事實是最好的說明〉，《學生周報》第四一九期，第八版。

9 其詩題目就是〈友聯就是我們的家〉。轉引自林起，〈五六十年代香港文壇的一面旗幟——徐東濱〉，《文學評論》第二期（二〇〇九年四月），頁一五六—一五七。

10 謝詩堅指《學生周報》、《蕉風》與友聯「三合一的核心人物」姚拓的一生，「反映出他的非革命路線」，在特別介紹姚拓時提到了他當國民黨軍人、被共軍俘虜，及服務於《中國學生周報》之事。詳《中國革命文學影響下的馬華左翼文學（一九二六—一九七六）》，頁一九五—一九六。

境」之事，說明友聯與台灣「一些關係也沒有」，則較為可信。[11]而且實際上，姚拓亦非友聯抑或《蕉風》的創始人之一。他一九四九年逃難至香港後的生活，套其批評者的用語，是「到處打雜」，[12]一九五三年經工廠同事閻起白介紹，方開始他這一生第一份文職：在《中國學生周報》當校對。[13]一九五七年當他抵達馬來亞時，《蕉風》也已創刊一年有餘。

然而，《中國學生周報》之母體——香港友聯曾獲美國中央情報局出資贊助，如今卻已非祕密。不少學者、同時代人，抑或曾參與其事者都認為，友聯其實是美、蘇兩國對峙的冷戰年代的產物。韓戰爆發後，美國利用香港作為反共的橋頭堡，通過美國新聞處（United States Information Service）、亞洲基金會（The Asia Foundation）等，資助大陸政權易手之後避難香港的知識分子進行反共文化宣傳工作。[14]而作為當時接受資助的組織之一，友聯實際上誕生於所謂「第三勢力」。中共獲得大陸政權被美國視為「自由世界」（the free world）的一大挫敗，因此轉而支持蔣介石政權；可是與此同時，其駐港領事館亦積極培植一批由大陸南來、主張自由民主、既反共又反蔣的知識分子成立的反共組織。「第三勢力」就是由美國中央情報局創立，有替代國民黨之可能的華人反共運動。[15]友聯幾個創始人，如陳濯生、胡越、許冠三，都曾參與「第三勢力」活動。曾經負責籌措「第三勢力」的程思遠就明確說道：「可以說，『友聯研究所』是香港一九五一年『第三勢力』運動發展時期唯一留下的產物。」[16]

儘管對於友聯究竟是受資助而後成立，抑或成立後方獲得資助有不同的說法——鄭樹森主張前一說法，而陳特則表示友聯是在做出一些成績之後才獲得美援；[17]也儘管所獲資助款額說法不一——陳特說「他們的資助只能夠支持《周報》的成本和部分編輯的薪金」，[18]而金千里則說「相傳『友聯』每年的美元津貼甚為可觀」；[19]然而，作為《蕉風》母體的友聯曾經接受美國資助，卻顯然無甚疑議。儘管如此，一九七〇年代中葉，隨著美援逐年遞減，

11 黃子程主訪，〈《周報》社長陳特漫談周報歷史〉，《博益》第十四期（一九八八年十月），頁一二九。
12 謝詩堅，《中國革命文學影響下的馬華左翼文學（一九二六—一九七六）》，頁一九六。
13 詳姚拓，《雪泥鴻爪》（吉隆坡：紅蜻蜓出版社，二〇〇五）。
14 相關討論，可參考鄭樹森，〈遺忘的歷史，歷史的遺忘——五、六十年代的香港文學〉，《素葉文學》第六十一期（一九九六年九月）；慕容羽軍，〈五十年代的香港文學概述〉，《文學研究》第八期（二〇〇七年十二月）；金千里，〈五〇—七〇年代香港的文化重鎮——憶「友聯研究所」〉，《文學研究》第七期（二〇〇七年九月）；陳建忠，〈「美新處」（USIS）與台灣文學史重寫：以美援文藝體制下的台、港雜誌出版為考察中心〉，《國文學報》第五十二期（二〇一二年十二月）；林起，〈五六十年代香港文壇的一面旗幟——徐東濱〉。
15 Johannes R. Lombardo, "A Mission of Espionage, Intelligence and Psychological Operations: The American Consulate in Hong Kong, 1949-1964," *Intelligence and National Security* 14, no. 4 (1999): 67.
16 程思遠，《政海秘辛》（哈爾濱：北方文藝出版社，一九九一），頁二三〇。
17 詳鄭樹森，〈遺忘的歷史，歷史的遺忘——五、六十年代的香港文學〉，與黃子程主訪，〈《周報》社長陳特漫談周報歷史〉。
18 黃子程主訪，〈《周報》社長陳特漫談周報歷史〉，頁一三〇。
19 金千里，〈五〇—七〇年代香港的文化重鎮——憶「友聯研究所」〉，頁一七〇。

導致香港友聯「斷了經濟來源，文化事業無以為繼」，遂「陸續關閉屬下所有機構，並遣散全數任聘員工，發放遣散費」，[20]其旗下刊物亦相繼停刊後，《蕉風》仍在馬華文壇引領風騷，直至一九九八年友聯售出其在馬來西亞的營利事業，才「頓失所天」，於次年初宣布休刊。[21]因此，美援終止後仍持續出版的那二十多年，不能不說是友聯文化事業在馬華文壇的另一番發展與貢獻。

無論如何，與友聯在五〇年代初出現於香港一樣，《蕉風》一九五五年出現於馬華文壇，亦與當時的冷戰格局相關。根據徐東濱的分析，「民主中國運動」受制於海峽兩岸的客觀環境而無法得到健全均衡之發展，相對之下，「對運動較有利的發展空間，在現階段仍是海外的華僑社會」。[22]因此，在香港印行的《中國學生周報》雖主要針對香港的閱讀市場，但亦行銷至東南亞各國，並增設有新馬、印尼、菲律賓、緬甸等地方版。其中，據說以印尼版的銷量為最高。[23]既然如此，為什麼友聯選擇了馬來亞[24]——而非印尼——作為拓展其文化事業的基地？根據姚拓的說法，那是因為馬來亞與香港同為英殖民地，單憑一張准證即可隨意出入與定居之故。[25]這或許是其中一個因素。然而，不得不考慮的是，按五〇年代中期人口調查報告，馬來亞華人人口約占人口總數的百分之三十八，[26]是發展華僑社會工作的有利因素。而更重要的，可能還是當時馬來亞的社會氛圍與美國在當地的政策。一九五五年五月間，新加坡發生多起工人罷工、學生反英美帝國主義示威遊行事件，導致一名美國報社通訊員喪生，引起美國國會關注。由於相信該起事件是由共產黨所主導，因此，儘管美國接受英國在馬來亞的主要角色（primary role），然而為了維護自身在本區域的利益，美國國安會NSC5612/1號文件指示美國機關動用「所有可行的手段」以遏制新加坡傾向共產主義。其中一項獲得共識的手段，是以心理戰術抵制共產主義。「美國之聲」的廣播、好萊塢電影的大量播映、文化與專家交流計畫、美新處圖書館的建設、具有反共意識的刊物之出版與發送等等，都是新加坡美新處借以進行其心理戰的具體行動。[27]雖然我們不能說同年年底創刊的《蕉風》也是美新處的計畫之一，但作為一個美援機構，美國在當地的政策對其發展無疑是

20 金千里，〈五〇—七〇年代香港的文化重鎮——憶「友聯研究所」〉，頁一七五。

21 見白垚，《縷雲起於綠草》（八打靈再也：大夢書房，二〇〇七），頁六四。姚拓在《蕉風》的休刊啟事中表示，《蕉風》的經費多年來是由吉隆坡的友聯文化事業有限公司屬下的機構，包括馬來西亞文化事業有限公司、馬來亞圖書公司、馬來亞印刷公司、新加坡友聯書局，及怡和書局共同承擔。見《蕉風》第四八八期（一九九九年二月），頁二一三。

22 轉引自林起，〈五六十年代香港文壇的一面旗幟——徐東濱〉，頁一五七。

23 姚拓，《雪泥鴻爪》，頁五六二。

24 與早期本地華人社會一樣，《蕉風》同仁所謂的馬來亞，其實包括了新、馬兩地。可參考〈獨立前的《蕉風》與馬來亞之國族想像〉對此的解釋。

25 詳姚拓，《雪泥鴻爪》，頁五六二。

26 J. Norman Parmer, "Constitutional Change in Malaya's Plural Society," *Far Eastern Survey* 26, no. 10 (Oct., 1957): 146.

27 詳 S.R.Joey Kong, "Winning Hearts and Minds: U.S. Psychological Warfare Operations in Singapore, 1955-1961," *Diplomatic History* 32, no. 5 (2008): 145-152.

極具鼓舞作用的。

三

在五〇年代中期馬來亞出版的各色刊物中，《蕉風》是最明確宣導「馬來亞化」主張的。從創刊號以降數十期的封面上，它甚至就自我定位為「純馬來亞化文藝半月刊」，落地生根的姿態顯得比當時任何一本左翼刊物都來得高調。[28]對於一本由新客移民創辦並主導的刊物來說，這種舉動似乎顯得過於急迫而熱切。究其原因，固然與馬來亞當時的政治文化語境，及《蕉風》編委會中那些不隸屬友聯、較具本土經驗的成員如陳振亞、馬摩西、范經等人，主張華人取消「流落／落籍／流亡番邦」的心理，並將馬來亞「當作永久居住的家鄉」的影響有關，[29]然而，卻也與冷戰的時代氛圍不無關係。華裔美國作家黃玉雪的個案，或許可為我們提供參考。

黃玉雪自傳體小說《華女阿五》（*Fifth Chinese Daughter*）所獲得的成功，使美國國務院相信她是向作為亞洲少數族裔的華人社群宣傳美國的自由民主的理想人選。在領袖與專家交換計畫（Experts' and Specialists' Exchange Program）專案贊助下，黃玉雪一九五二年初開始在亞洲巡迴演講，馬來半島與新加坡是該行程的其中兩站。據當時美國駐吉隆坡領事Hendrik van Oss的觀察，黃玉雪在新馬兩地吸引廣大群眾的興趣。van Oss認為，黃玉雪充分展示華人融入於非華人社會的能力不只有助抵消馬來亞當地對美國種族歧視現象的報導；而且，鼓勵在馬來亞的華裔效仿黃玉雪般，融入於非華裔的所在社會，亦是為當地華人提供「非共化」的另一範式，有利於抵制共產主義在亞洲的傳播。[30]後來者或可從此事例獲得啟示：在冷戰的年代，「馬來亞化」，其實可以是保住「自由世界」不向共產中國傾斜的文學主張。以此為參照，我們才可以理解何以新客文人會如此熱情呼喚「馬來亞的黎明」：

雞聲啼破了長夜的睡夢，
遠山還牽著黑夜的暗影；
稀零的小星仍戀著修長的椰樹，
——這是馬來亞的黎明。

28 若干年後，在白垚的回憶中，落地生根與落葉歸根，是當年他們與左翼極大的分歧。詳《縷雲起於綠草》卷一第一輯諸篇。

29 前者出自陳振亞在「漫談馬華文藝」座談會上的談話，見《蕉風》第二十期，頁四。後者見馬摩西，〈馬來亞化問題〉，《蕉風》第十八期，頁二。陳振亞一九四六年南來，此後定居新加坡。馬摩西則於二戰後來馬，一九七一年病逝於斯。與此相關的討論，可詳〈獨立前的《蕉風》與馬來亞之國族想像〉。

30 詳 Ellen D. Wu, "'America's Chinese': Anti-Communism, Citizenship, and Cultural Diplomacy during the Cold War," *Pacific Historical Review* 77, no. 3 (Aug 2008): 391-422.

我們多少代
戴著星光在開拓這塊土地；
我們多少代
在這塊土地盼望著天明。
　椰樹可說得出，
是多少代的血汗；——
　遠山可記得清，
是多少代的辛勞和熱情；——
　使蠻荒的山芭變成蔥綠的鄉土，
　使寂冷的沙灘變成現代的城市！
這塊土地的命運，
也成為我們的命運；
這片天空的陰晴，
就是我們共同的陰晴。
「猛得革」的聲浪，
　衝破了長夜的睡夢，
爭自由的熱血，

在每個人腦中沸騰。
多少代——
我們在這塊土地上滴下血汗；
多少代——
我們在盼望：
馬來亞的黎明！
馬來亞的黎明！[31]

此詩作者薛樂，即前述參與「第三勢力」、創辦友聯的陳濯生。陳濯生一九五五年南來，故這首發表於一九五六年三月的詩，不可能是作者親身經驗的寫照。詩中的主體並非個體的「我」，而是群體化的「我們」，顯然將居於馬來亞的華人當作一個共同體，無先來後到之分，無身分階級之異。詩中一再重複「多少代」，強調華人在此地的歷史，及此共同體經世代努力開創累積的勞績，有意凸顯該族與此世代生息之地憂喜與共的合理性，及其與即將誕生的新興國家互為一體的命運。此詩對華人「馬來亞化」之召喚，與其說是出自感性的地方認同，不如說是基於一種理性的「勸諭」。畢竟在「猛得革」降臨之際，國籍的抉擇，

31 薛樂，〈馬來亞的黎明〉，《蕉風》第十期（一九五六年三月二十五日），頁二。

是與個人此後可獲之合法權利攸關的迫切的抉擇。此詩的主張或有其政治立場的隱議程，然而對於終結馬華作家的移民心態、將馬華文學推入後移民階段的意圖而言，其意義卻毋寧是積極而正面的。

馬來亞化的必要性與實踐的方法，在《蕉風》的創刊詞中亦有所闡述：

> 星馬兩地，我們華族後裔占了全部人口的半數以上，在今後悠長的歲月裡，我們還要與其他馬來亞民族協調的生活在一起。那麼，對於我們生於斯、居於斯、葬於斯的馬來亞，如果不夠了解，豈不被人引為笑談！如何去了解一個地方，如何去了解一個民族，決不是翻閱幾本史地書籍，或誦讀幾篇宣傳的文字所能濟事的，必須深入到社會的內層，浸潤在實際生活之中，才能夠慢慢地體會出來。換句話說：也就是要從一個地方，一個民族的文化面來認真觀察，才能夠找出正確的答案。沃野上的一山一水，生活上的點點滴滴，都可以透過文藝的筆法，清楚的體現在我們的面前，觀微知著，這也許就是我們了解環境達到與其他民族和平共處的最好辦法。[32]

要達致馬來亞化的目的，須融入於本邦環境及其多元族群的生活之中；而融合，則須以了解為基礎。故《蕉風》刊登了大量介紹本邦各族（包括馬來人、印度人、小黑人、沙蓋族等，而以馬來人為主）風俗、文化、歷史、傳說的文字，[33]發表為數甚為可觀的馬來亞地方書寫、遊記、生活素描等類的文章。除了翻譯與介紹本邦的馬來班頓（pantun）／民歌及民間傳說，早期《蕉風》所選譯的外國文學，也以印尼和埃及的作品居多，顯然考量到其語言與宗教因素有助於促進讀者對於馬來族群的了解之故。

而在同一時期，左翼文藝界亦掀起了「愛國主義文化」之熱潮，青年們熱切學習馬來語、積極介紹與閱讀馬來作家作品、以本邦友族為舞蹈、繪畫等藝術創作的素材、接受友族的娛樂形式（比如觀看印度電影）。[34]這與《蕉風》馬來亞化的實踐方式，有異曲同工之妙。如果進一步比較二者對於馬來亞化的認知，則我們會發現，按非左即右的簡單邏輯，將《蕉風》一把推進「右派大本營」，或許是無甚意義的。

一九五六年間，《蕉風》有幾篇文章討論當時頗受關注的「馬來亞化」的議題。海燕在〈由「沙漠的邊緣」說起〉一文提出，獨立後的馬來亞文化不應從屬於西方文化，但應吸取後者之優點。他認為，中國文化與馬來文化皆應被視為馬來亞文化的其中一個「主流」。「融各民族的文化於一爐」的馬來亞文化，方能夠真正代表馬來亞各族人民而又為彼等所接

32 蕉風社，〈蕉風吹遍綠洲〉，《蕉風》第一期（一九五五年十一月十日），頁二。
33 可參考〈獨立前的《蕉風》與馬來亞之國族想像〉的列表。
34 可參考丘淑玲，〈一九五零，六零年代新加坡華校學生運動的交替與延續——從「中學聯」到南大學生會〉與紀燕，〈「馬華文學」：在激流中成長〉。二文皆收錄於陳仁貴、陳國相、孔莉莎編，《情繫五一三：一九五〇年代新加坡華文中學學生運動與政治變革》（八打靈再也：策略資訊研究中心，二〇一一）。

受。[35]

慧劍在〈馬來亞化是什麼？〉中則駁斥當時以馬來化為馬來亞化的觀點，認為馬來亞化的特徵「不是任何民族的壟斷或騎在其他民族的頭上，而是共同化」；而「所謂共同化，便是各民族文化交流的結果，擷取各民族文化的優點，而揚棄其不適合環境的缺點」。[36]馬摩西在〈馬來亞化問題〉中則表示，政府推行馬來亞化的兩大內容，即獨立後政府部門由本地人主政及推行國民教育，本為新生國家的共同願望，無可厚非；然其實施卻以馬來人作為「本地人」與「國民」的具體指稱對象，則未免有種族歧視和排除異己之嫌。他認為，多元族群國家如馬來亞，應顧及各族人民的利益，而不應以單一族群的願望為主。他並認為，華人不受重視，實與過去的政治冷漠心態有關，而彼等今後「該加重自己的責任，介紹自己民族優良文化，和尊重各族的文化，以建立名符其實的獨立的馬來亞」[37]。海燕〈馬來亞化與馬來化〉重申「所謂馬來亞文化，乃是吸取馬來亞各民族文化的優點而成的一種新的文化，並不單是占馬來亞三大民族之一的馬來人的文化」的觀點，並強調「絕不容有狹隘的民族主義抬頭」。[38]

令人訝異的是，上述頗為《蕉風》編者所認同的說法，竟與左翼文壇觀點極度相似。且以被譽為左翼「最具代表性的馬華土生土長的『文藝理論家』」忠揚（謝詩堅語）為例：對於本邦三大族群文化的關係與位階，忠揚「主張馬來亞的華、巫、印三大民族應該發揚平等的民族地位的精神，進而一視同仁的保護、鼓勵和發展三大民族的文化」，「堅決反對三大民族中的任何一個民族占著特殊的地位而排擠或壓制其他民族文化的正常發展」。[39]對於馬來亞文化是否可以兼容外國文化，忠揚的看法則是：「世界上各個民族與馬來亞三大民族同樣的是有著其優秀的文化，因此，我們對待世界各個民族的文化也應該是取精去劣的吸收。一樣的道理，無論歐美各個民族或英國民族的文化，我們不應，同時不能去反對和排擠它，只要這些外來的民族文化不是帶有奴化意識、含有殖民色彩，以及破壞馬來亞新社會的秩序與道德的建立，而是能夠導致我國文化的建設和發展，為該族的文化精髓的話，那麼我們就應該熱烈的歡迎和吸收，從而以備補充馬來亞文化發育的不足。」[40]足見以平等地位為對待本邦族群文化的標準、以取精去劣為吸收外國（甚至是英美帝國）文化的準繩，是「左右對壘」的格局中實存的「共識」。

實際上，馬來亞化，與戰後初期左翼提出的「馬華文藝獨特性」亦頗為近似，皆主張作

35 海燕，〈由「沙漠的邊緣」說起〉，《蕉風》第九期（一九五六年三月十日），頁一〇。
36 慧劍，〈馬來亞化是什麼？〉，《蕉風》第十六期（一九五六年六月二十五日），頁六—七。
37 馬摩西，〈馬來亞化問題〉，《蕉風》第十八期（一九五六年七月二十五日），頁一—三。
38 海燕，〈馬來亞化與馬來化〉，《蕉風》第十八期，頁四—五。
39 忠揚，〈論愛國主義大眾文化底建設〉，收入《文化問題及其他》（新加坡：愛國出版社，一九五九），頁五三—五四。
40 同上，頁五四—五五。

家去除僑民意識、以本土為先。[41]然而，馬來亞化之大纛既已為《蕉風》所高舉，左翼則不得不另立旗幟，於是於一九五六年提出「愛國主義文學」的口號。文史家方修甚為肯定此口號，認為它在字義上比「馬華文藝獨特性」更明確，「不但能夠顯示出文藝作品馬來亞化的特點，更重要的是標示出文藝作者和當地獨立建國事業的密切的關係」。[42]其後，宋丹更提出所謂「愛國主義的現實主義」一詞，以取代馬來亞化，理由是認為馬來亞化除說明作品取材自馬來亞現實而外，再無明確的要求。然而，「以馬來亞現實為創作泉源的不一定是好的，引人向上的藝術。形式主義的，黃色的一切反動藝術都可能，而且有不少是以當地的現實生活作為它創作的素材。但是，這樣的『馬來亞化』的藝術是充滿毒素的」。[43]宋丹內容不甚明朗的「愛國主義的現實主義」文學，或許可由其同路人忠揚提出的「愛國主義大眾文化」一說加以補充。忠揚指出：「馬來西亞愛國主義文化的性質應該是民族的、民主的、人民（大眾）的。」如上所述，其對「民族」的解釋與《蕉風》無甚大異。而嚴格說來，只有在「人民的」一點上，左翼的立場與《蕉風》是涇渭分明的：前者界定下的「人民」，是「以工農勞動者為中堅，聯合其他有進步傾向的階級、階層的現代馬來亞人民」；[44]而後者則不主張有階級之分。然而，關於忠揚主張的可行性，左翼文學的研究者已有評價：

忠揚基本上是用非種族的左派觀點看問題，也正是當時廣泛流傳於左翼陣營的思想，完全沒有考慮到馬來人的強烈民族宗教意識（在後來被證明是不現實的）。[45]

相對之下，非左翼在其（企圖）馬來亞化的過程中所提出的問題，或許更能切中本邦政治爾後數十年最敏感的神經：族群關係，與馬來霸權。

四

二〇〇三年，白垚以其如椽巨筆如此描繪五〇年代的本邦：

> 猶記當年入海初，馬來亞獨立的那幾年，真是一段又老又好的歲月。大家都在踏實地過日子，物質享受不多，精神生活豐富。禮義及於市井，街邊的冰水小販，火車頭的三輪車夫，和學校的老師一樣有禮數。東姑．阿都拉曼在相位，是馬來西亞的國父，人民

---

41 有關「馬華文藝獨特性」的討論，可參考方修，《戰後馬華文學史初稿》（吉隆坡：董總，一九八七）第三、四、五章；及謝詩堅，《中國革命文學影響下的馬華左翼文學（一九二六—一九七六）》第三章。

42 觀止（方修），〈一九五六年的文藝界〉，《文藝界五年》（香港：群島出版社，一九六一），頁六。

43 宋丹，〈談藝術創作的馬來亞化問題〉，收入《文化問題及其他》，頁四三—四五。

44 忠揚，〈論愛國主義大眾文化底建設〉，頁五四。

45 謝詩堅，《中國革命文學影響下的馬華左翼文學（一九二六—一九七六）》，頁一八六。

> 在街上可以和他握手。社會地位不影響人與人之間的交往，大頭家和小夥計一樣有人情味，接人待物，不小眉小眼，處世任事，大氣磅礴。此土此民成此國，人人都想為新邦新國出力，充滿落地生根而衍生的鳳凰自信。[46]

獨立初年，萬象更新。階級、族群的界線宛若無存。人與人之間沒有隔膜，遑論傾軋。南洋小國，儼然禮義之邦。然而，必須注意的是，這些種種，畢竟是事隔數十年之後，遠在美國的當事人的往事追憶。青春往事，往往因回憶而倍加美麗，亦乃正常情理，然卻大異於其友聯同道在當時當地所做的現場記述。

一九五六年，有關憲制問題的辯論在馬來亞民間如火如荼地燃燒，而其中最具爭議性的課題，莫過於公民權、語文與馬來人特殊地位（Malay privileges）。[47]那一年，《蕉風》首任執行編輯方天（署名辛生），發表小說〈一個大問題〉，講述的正是華人在公民權的申請上所面對的難題。按當時的公民權法令，外來移民只要在馬來亞住滿十年即可申請歸化為公民。可是小說中的主角，雖然前前後後在星洲與聯邦住了十九年，可是中間日軍入侵的幾年，他曾離開聯邦而到星洲投靠親戚，以致最後階段在聯邦的居住年資不足而不獲准申請。戰後初期，英殖民政府提出馬來亞聯邦（Malayan Union）計畫，擬賦予馬來人與合格的非馬來人以同等公民權（common citizenship）。此建議沒獲得非馬來社群多大的反應，卻引來馬來民族主義者強烈的反彈。後者擔心此計畫的落實將使他們喪失在戰前殖民政策下所享有的特殊待遇，遂動員馬來社群向殖民政府施壓，迫使殖民政府不得不以親馬來人的新憲制馬來亞聯合邦（Federation of Malaya）取代之。因此，對非馬來人公民權的限制，可說是馬來民族主義張揚的結果。上述小說中有兩個與華裔主角對話的馬來客人，一個是老哈芝，一個是本村巫統青年部的要角，分別代表馬來人的宗教與政治兩個面向。在公民權問題上，兩人的看法非常一致。當主角提及巫統某分會反對華人出生地公民權，兩人「聽了都半晌沒有做聲」，接著表示華人為此開民眾大會將傷了和氣，之後「兩人又沉吟了一會」，再表示「公民權自然是一個大問題」。[48] 兩人與主角之間儘管十分友善，然而對華人公民權問題卻甚為遲疑。由此可見，方天顯然察覺到，馬來人對與非馬來人分享政治權利充滿了顧慮。

而即使跨過了居住年資的高門檻，非巫裔申請公民權也還得要通過語言考試的難關。主角的華裔同業，就是栽在語言的問題上。據主角所述，其同業居住此地三十多年，「一步也沒離開過」，可是就因「口齒笨，人不機靈，鄉音說慣了，就只學會幾句馬來話，多了可不會說」，[49] 所以也同樣不獲准登記。通過馬來語言考試是獲取公民權的條例之一，可是語言

46 二〇〇三年，白垚應《南洋商報》之邀書寫專欄「海路花雨」，追述他在《學生周報》與《蕉風》的流金歲月。引文出自其專欄第一篇〈猶記當年入海初〉，後收錄於氏著，《縷雲起於綠草》，頁二六。

47 J. Norman Parmer, "Constitutional Change in Malaya's Plural Society," 148.

48 辛生（方天），〈一個大問題〉，見《蕉風》第十二期（一九五六年四月二十五日），頁四。

49 辛生（方天），〈一個大問題〉，頁六。

考試之嚴格，卻也是一九四八至一九五〇年間，約四分之三華人申請失敗的主因之一。「豁免語言考試」，在五〇年代中期幾次舉行的華人社團代表大會中，一再被列為備忘錄的提案之一，可見這是當時華社的普遍訴求。[50]而從一九六七年國語法案規定馬來語為國語兼唯一的官方語文，昭示馬來文化霸權正式形成的情況看來，[51]以通曉馬來語作為獲得公民權的條件之一，以語言知識作為檢驗國家認同的標準，無疑早已為此霸權確立雛形。小說橫添與主角經歷無關的一筆，顯見作者對此「大問題」的思慮。

而華人在公民權申請上面對諸多難題，主要與主流馬來社會對華人的刻板理解相關。方天透過馬來客人對華裔主角所說的幾句話表現了他對這種社會心理的深刻認識：

比方我們馬來人吧，如果沒辦法，就當真沒地方好去了；可是你們可就不同了，在這裡哪怕住個十年二十年吧，賺了錢回唐山還可以治一份產業過活啦！[52]

你想看看你們華人有多少頭家呀，唉！什麼都是頭家的……[53]

以上說話透露馬來人對華人的幾個重要看法：一、華人僅把馬來亞當作賺錢的地方；二、華人占據本地的資源與財富；三、「回唐山」是華人隨時會走的一條後路。這些因素，構成馬來人對華人的負面認知，亦是他們對後者之忠誠存疑的主因。小說主角試圖對這些看法做出駁斥，馬來客人偶爾笑笑敷衍，但多數時候卻是「一聲沒響的靜聽著」。[54]最後，對「一個大問題」的談論，在回教堂晚禱的召喚聲中中斷。宗教，被視為「馬來性」（Malayness）的特質之一。[55]這個極富象徵意味的結尾，顯露出方天對馬來亞族群之間的敏感分野的認識與感知。

繼方天之後出任主編的，是姚拓。他發表於一九五七年的小說〈七個世紀以後〉，雖非以馬來亞為題材，卻可視為是馬來亞政治與社會氛圍下的產物。小說敘述二十世紀一個也叫姚拓的人，因礦場塌陷而遭活埋，卻在七個世紀以後因人開掘古洞而復活。復活的姚拓發現，他從前那個年代的人們矢志捍衛的某些東西——包括語言、民族、國家、黨派、主義、宗教，皆已蕩然無存。而在這些人為的疆界、分野都被取消後，地方卻顯得「安靜與和

50 詳朱自存，〈獨立前西馬華人政治演變〉，收入林水檺、何啟良、何國忠、賴觀福主編，《馬來西亞華人史新編》第二冊（吉隆坡：馬來西亞中華大會堂總會，一九九八），第七章。

51 Heng, Pek Koon. "Chinese Responses to Malay Hegemony in Peninsular Malaysia 1957-96," *Southeast Asian Studies* 34, no. 3 (Dec 12): 509.

52 辛生（方天），〈一個大問題〉，頁四。

53 辛生（方天），〈一個大問題〉，頁五。

54 辛生（方天），〈一個大問題〉，頁六。

55 語言、宗教與統治者，在馬來民族主義運動中被界定為「馬來性」之三個關鍵特質。見Heng Pek Koon. "Chinese Responses to Malay Hegemony in Peninsular Malaysia 1957-96," 500-501.

平」，令他感覺所謂「天國」，大抵就是如此。[56]這篇小說雖然有些虛無主義傾向，卻也是作者對多元族群社會以語言、民族、宗教等因素，將人進行分類與標籤的行為與壓制的反彈。

申青的小說〈無字天碑〉，更是馬來亞族群關係的一則寓言故事。小說敘述寧靜的西林鎮因發現一塊疑是歷史文物的石碑而掀起一場風波。被公認為是「西林鎮上華巫印三大民族的精神領袖」的三位知識分子，都各自認為石碑上所刻的是自己族群的文字，並企圖以此來論證本族移民／居住此地的時間之久遠。然而，諷刺的是，三人皆無法讀出那據說是由梵文／甲骨文／阿剌伯文所書寫的石碑內容。對於石碑該珍藏於中華大會堂、回教堂還是淡米爾學校，三人亦是相持不下，於是只好請吉隆坡的博物館館長來「主持公道」。可是，經博物館長鑑定石碑不像刻有文字，而可能是一塊建築用的石板後，眾人大失所望，卻又不甘心將石碑送往博物館。見眾人無法達致協議，博物館長一氣之下將石碑擊碎，以將碎石帶回去做化學分析。鐵鎚一擊幻滅了眾人的好奇心、占有欲、虛榮感，西林鎮才恢復往日的靜謐和諧。[57]

申青是友聯文化事業移師馬來亞的「先鋒隊長」，[58]亦是《蕉風》的創辦人兼創刊初年的編委之一，其著作以雜文為主，小說數量極少，而類似上述題材者更是絕無僅有。這篇難得的虛構文體揭示了這位友聯核心人物對馬來亞政治思維的反應，並集中體現了早期《蕉風》作者對此的認知。小說中的印裔與華裔精神領袖急於證明本族祖先移民此地已有千年、甚至兩、三千年歷史，誠然與以移民之先來後到，決定該族群對土地的主權的思維相關。馬來人以該族與地方命名之邏輯關係，宣告自己乃地方之主人，故小說中的巫裔精神領袖有「馬來亞是馬來人的地方」之說。然而印、華二族代表挑戰他讀出他認為是以阿剌伯文書寫的碑文，卻顯見二族對此說法之不認同。此前的《蕉風》作者，如前述慧劍、海燕等人，曾從古籍所記地名，推論馬來亞並非得名自馬來民族，而馬來民族本身，與華、印兩族一樣，亦是移民社群。[59]這篇小說顯然是以這種認知為其思想之背景，認為以移民時間之先後來爭奪本族在此地的支配地位是可笑的。三族的相持不下，不僅徒然導致族群關係之緊張，而且亦可能損害彼此原可共享之利益。

從以上友聯／《蕉風》諸人的著作可知，對於源自中土的新客文人而言，馬來亞化——或說，實際融入馬來亞——最大的難題，在於族群政治及日漸形成的馬來霸權對於移民社群的排擠。馬來亞化，乃移民群體的主觀願望，但要落實到（不論是作者本人抑或其虛構人物的）實際生活中，都遠比實踐在編輯作業上困難得多。

---

56 姚拓，〈七個世紀以後〉，《蕉風》第四十七期（一九五七年十月十日），頁八—一一。

57 申青，〈無字天碑〉，《蕉風》第五十九期（一九五八年四月），頁一二—一四。

58 申青原名余德寬，來馬之前曾任《中國學生周報》社長。有關其事蹟，可見馬漢，〈申青——友聯的先鋒隊長〉，《南洋商報．商餘》，二〇一一年七月二日。

59 詳慧劍，〈馬來亞化是什麼？〉；海燕，〈馬來亞化與馬來化〉。

五

《蕉風》是綠背文化的產物，其馬來亞化主張之提出，多少隱含冷戰年代特定的政治立場。然而，說這個主張純粹是為某一政治目的服務，恐怕與指它「只是要作者以馬來亞為背景，寫出馬來亞的種種，不側重思想內容，也避開敏感的政治整合」一樣，[60]都是不實的指控。如果馬來亞化主張之提出單純是基於某個政治目標之考量，那麼，對移民群體在落實馬來亞化過程中所面對的種種政治難題之書寫，則未免將與所主張之路線背道而馳。而從以上所論《蕉風》幾個主導人物的著作看來，馬來亞亦並非平面的背景。這些新來乍到的新客文人或直接或間接觸及的，恰恰是這個背景中無法避而不見的族群課題。然而令人納悶的是，這卻也是一個被壓抑的課題——在文學書寫與政治上皆然。同時代的左翼文壇對族群課題的處理，多數帶有民族團結的功利目的。在創作題材上，他們更鼓勵與重視族群之間因「共同的經濟生活、共同的勞動環境、共同愛國觀念和共同的階層利益」而有的「和諧統一的生活內容」，有意淡化因種族、文化、宗教等的分歧而產生矛盾的現實。[61]而自一九六九年族群衝突事件爆發之後，族群問題——尤其是關於公民權、馬來語作為國語及馬來人的特殊地位等項，更是被視為馬來西亞政治的「敏感課題」，[62]長期成為馬華文學書寫的禁忌。[63]如此看來，馬來亞化的主張，儘管政治正確，然而從《蕉風》創刊至今，卻仍是個未竟的志業。

本文宣讀於「第六屆文學傳播與接受國際學術研討會」，（台灣）國立東華大學華文文學系主辦，二〇一四年五月十六至十七日；發表於《世界華文文學論壇》第九十四期（二〇一六年三月）。

60 謝詩堅，《中國革命文學影響下的馬華左翼文學（一九二六—一九七六）》，頁一九八。

61 忠揚，〈正確處理民族團結的題材〉，《文學與人民》（新加坡：草原文化社，一九六二），頁五二—五四。

62 該事件亦被稱為五一三事件。其對日後馬來西亞政策的影響，可參考 Peter Wicks, "The New Realism: Malaysia since 13 May, 1969," *The Australian Quarterly* 43, no. 4 (Dec 12): 17-27.

63 至八、九〇年代，「不得觸及種族、宗教等敏感課題」仍是許多稿約與文學獎章程的條例之一。

獨立前的《蕉風》與馬來亞之國族想像

一

創刊於殖民地時代的文學雜誌《蕉風》，是馬華文學的重要資產。創辦這本刊物的文化機構友聯，在一九五〇年代初期成立於香港。雖然其內部同仁對其「背景」諱莫如深，然而許多學者相信，它是冷戰年代「美元政策」的產物，曾經接受美國新聞處、亞洲基金會等美國機關的資助，通過文化工作以進行反共活動。其最終目的，是促進與團結民主力量，影響中國大陸政局，促使中共政權結束。[1]儘管如此，友聯創辦人之一徐東濱，將友聯的工作性質定位為文化工作，而非政治工作。[2]而友聯亦曾先後在香港辦過多種不同性質、以不同年齡層的讀者群為對象的刊物，其中較具代表性的包括《祖國周刊》、《中國學生周報》以及《兒童樂園》。

一九五〇年代中期，友聯的事業由香港擴展至南洋。[3]他們在東南亞諸邦之中選擇了與香港同屬英國殖民地的新加坡與馬來亞，作為拓展其文化事業的基地。在新加坡創刊、而後遷移到吉隆坡出版的《蕉風》，雖為這批香港南來文人所創辦，然而，作為以馬華社會為對象，並實際上在此編輯、出版與發行的刊物，馬來亞的政治與社會文化狀況，以及該刊所必須借助的本地編者、評論者與作者等等因素，必然都影響著這本刊物的基本面貌，致使它不可能只是友聯在香港的刊物的「馬來亞版」而已。從其實踐效果而言，在馬來亞邁向獨立、在地華裔社群面對國族認同抉擇的關鍵時刻，《蕉風》的風格及此刊所發表的諸多作品，在某個程度上可說體現了當時相當層面的華人知識分子的思想訴求。本文即從《蕉風》的編輯主張與輿論、編輯理念之實踐，及創作文本此三方面，探討其編者作者們，對即將誕生的新興國族的集體召喚與想像。由於《蕉風》在馬來亞獨立後漸次呈現不同的編輯面貌，故本文僅將範圍鎖定在獨立之前的情況。

二

二戰結束後，英殖民政府先後推出兩個影響日後馬來亞國族建構深遠的計畫，即：一九四六年的馬來亞聯邦（Malayan Union）計畫，與一九四八年的馬來亞聯合邦（Federation of Malaya）憲制。前者寬鬆的公民權條件，不意激發了馬來社會強烈的族群國族主義

1 有關友聯的背景，可參考金千里，〈五〇—七〇年代香港的文化重鎮——憶「友聯研究所」〉，見《文學研究》第七期（二〇〇七年九月），頁一六八—一七六；鄭樹森，〈遺忘的歷史，歷史的遺忘——五、六十年代的香港文學〉，見《素葉文學》第六十一期（一九九六年九月），頁三〇—三三；也斯，〈解讀一個神話？——試談中國學生周報〉，見《讀書人》第二十六期（一九九七年四月），頁六四—七一。

2 詳林起，〈五六十年代香港文壇的一面旗幟——徐東濱〉，見《文學評論》第二期（二〇〇九年四月），頁一五四—一七二。

3 徐東濱在一篇回憶文章中指出，友聯移師新馬的目的，乃在「發展文化工作」。詳岳心（徐東濱），〈回憶學生報的誕生〉，見《中國學生周報》第四七〇期（一九六一年七月二十一日），頁二。

（ethno-nationalism）精神；後者的實施則意味著英國人被迫認可此地為「馬來邦國」（Malay State），並承認馬來人的特別地位。[4] 出於對前者的反彈，四〇年代末期的馬來文學界表現出前所未有的反殖鬥爭精神；而進入五〇年代，這種強烈的情感更進一步表現為對獨立的呼喚、與對馬來民族主權的呼籲。[5] 這正是一九五五年《蕉風》創刊時的社會語境。

《蕉風》雖由友聯出版，然其編輯事務卻由一個編輯委員會負責。編委會成員除了創辦人申青、執行編輯方天之外，其他人皆非友聯成員。他們包括馬摩西、陳振亞、范經和李汝琳。在受邀成為編委時，他們在殖民地馬來亞的文化界或教育界已活動了將近十年之久，多少經歷過由馬來亞聯邦計畫與馬來亞聯合邦憲制所掀起的馬來民族主義熱潮。[6] 他們以其實際在馬來亞生活的切身經驗，某種程度上彌補了新來乍到的友聯諸人本土認知之匱乏。這本刊物在籌備之時原擬取名「拓墾」，而經編委討論之後，方定為「蕉風」。「拓墾」頗有友聯諸人到華僑社會「發展文化工作」之寓意；而出自形容熱帶地方色彩的成語「蕉風椰雨」的「蕉風」，則更能凸顯其「地方性的風格」。[7] 友聯機構欲使東南亞華人社會與共產中國保持距離的理念，固然在一定程度上促成這本刊物「純馬來亞化」概念之提出；然而，捨「拓墾」而取「蕉風」，也不無過濾掉此刊物背景原有之政治意圖的作用，使它從根本定位上朝向「本土化」發展。

《蕉風》創刊之時，馬來亞已舉行過地方與全國選舉，這等於是英殖民政府即將撤離半島，並準備將政權移交予當地民選政府的訊號。從早期《蕉風》所刊輿論可知，其編者、作者更關注的是脫離殖民統治之後，馬來亞在其國族與文化建設上，是否能實踐真正意義上的「獨立」的問題。由於友聯的反共背景，抑制左翼勢力成為「新殖民地統治潛勢力」之可能，[8]自是成其首要關懷。在第二期的一篇特邀評論〈此時此地的文學〉中，作者李亭已經非議「失卻獨立性與自尊心」的「附庸文學」。[9]在第四期中，李亭在〈文學的現實性〉中直接表明，「反殖民地主義」，正是此時此地文學之所需。將此二文與李亭在第五期的另一文章〈封建主義的文學〉一起閱讀，即可明白李亭之「殖民地主義」，其實與附庸心態、缺

4 詳 Cheah Boon Kheng, "Envisioning the Nation at the Time of Independence," in *Rethinking Ethnicity and Nation-Building: Malaysia, Sri Lanka & Fiji in Comparative Perspective*, ed. Abdul Rahman Embong (Kuala Lumpur: Malaysian Social Science Association, 2007), 40-56.

5 詳 Kamaruzzaman Abd. Kadir. *Nasionalisme dalam Puisi Melayu Moden 1933-1957* (Kuala Lumpur: Dewan Bahasa dan Pustaka, & Kementerian Pelajaran Malaysia, 1982).

6 馬摩西於二戰結束後奉派來新馬領事館做事，在大陸易權後投入教育界服務。陳振亞一九四六年南來，范經與李汝琳則是一九四七年抵新。關於他們的更多介紹，見馬崙，《新馬華人作家群像》（新加坡：風雲出版社，一九八四）。

7 申青在《蕉風》創刊四十二年後的一篇回憶文字上，首次提到刊物原擬取名「拓墾」之事。詳〈憶本刊首屆編委〉，《蕉風》第四八三期（一九九八年三月），頁八四－八六。

8 這是沙里明在「一九五七年馬華文壇的展望」文藝座談會上的談話，詳《蕉風》第二十九期（一九五七年一月十日），頁五。

9 李亭，〈此時此地的文學〉，《蕉風》第二期（一九五五年十一月二十五日），頁三。

乏獨立性，甚至封建思想，是互為表裡的。李亭之文，很難讓人不聯想起二戰前後本地文壇關於「馬華文藝是否中國文藝之附庸」的論爭。其主張不附庸於其他文藝／政治勢力之說，可為《蕉風》國族構思的基調。這種想法在第四十四期，為配合國家獨立日而特約蔣保撰寫的一篇文章中，得到更進一步的申明：

> 馬來亞的獨立，不只是政治上的解放，也應是文化上的解放，使馬來亞的文藝更具有獨立的性格。它不只不受政治壓力的鉗制，不受思想教條的束縛，不作政治的附庸；並且逐漸擺脫外地文化的影響，形成馬來亞的獨立文藝。[10]

《蕉風》的編輯與作者們對政治解放不一定等同於思想文化解放的洞察，讓我們有理由相信，他們其時已經清楚意識到，國族，並不必然伴隨主權國家的形成而誕生。他們一方面防範即將成為新興國族之一員的本邦華族成為中國政治之附庸，另一方面也反對他們成為馬來族群之從屬。當時馬來亞境內的主流論述，是以馬來亞為馬來人屬地，因此主張賦予馬來人對新生國族的支配權。《蕉風》編者、作者不認同這種論述，原因之一在於他們並不認為馬來人如他們自己所宣稱的，是馬來亞的大地之子，而是與華人一樣，都是外來的。一九五六年，當憲制談判在倫敦積極展開之際，《蕉風》刊登了幾篇文章，明確表明「馬來亞化不等於馬來化」的看法，並質疑「此地既叫馬來亞，即為馬來人的國家」的邏輯。慧劍在〈馬來亞化是什麼？〉一文中提出，不能因為此地叫馬來亞，就認為它「自然是馬來人的國家」。他從到中國經商的阿剌伯人的遊記中提及的「Malaya」，以及中國古代到天竺求法的高僧的記載中所謂的「摩賴耶」一地，推測現今「馬來亞」之名，其實是脫胎自印度東部一個叫Malaya的地方。言下之意，即「馬來亞」並非得名自「馬來」民族，因此後者不應該將馬來亞視為他們之專有，繼而壟斷對馬來亞政治乃至文化等各層面的決定權。他認為，以「馬來化」與「馬來亞化」混同，只是馬來政客利用一般人對馬來亞的無知與錯覺，企圖將獨立後的國家變成「純馬來化的馬來聯合王國」的手段而已。[11]他更指出，馬來亞其實亦只是馬來人的「第二家鄉」，他們其實在十二世紀時方才從蘇門答臘的巴領旁和占卑移民至此。他與另一作者海燕俱認為，若論移殖之先後，則華人並不晚於馬來人。[12]而根據《蕉風》編者，則華族「曾開發這土地三四百年」。[13]對於華人移民馬來半島的時間及其歷史，《蕉風》編者與作者顯然沒有達成一致的說法。然而，值得注意的是，在他們的認知當中，馬來亞的華人移民史並非如馬來亞的主流社會一般所認定，始自英國人輸入大量外勞以開發

10 蔣保，〈馬華文藝的時代性與獨立性——寫在馬來亞獨立的前夕〉，《蕉風》第四十四期（一九五七年八月二十五日），頁五。
11 慧劍，〈馬來亞化是什麼？〉，《蕉風》第十六期（一九五六年六月二十五日），頁六。
12 海燕之見，詳氏著，〈馬來亞化與馬來化〉，《蕉風》第十八期（一九五六年七月二十五日），頁四—五。
13〈讀者．作者．編者〉，《蕉風》第六期（一九五六年一月二十五），封底內頁。

馬來亞天然資源的十九世紀末期，而是更早之前；而且華人對本地的物質建設有著一定的貢獻，與激進的馬來民族主義者所刻畫的本土財富的掠奪者、殖民剝削政策的同謀者的形象，因而有極大的差別。既然華人居住此地已有數百年的歷史，因此在國家即將獨立之際，華人對於國家的認同，應該做出更明確的選擇。

許多學者已經指出，從戰後至建國之間的十餘年，新馬華人社群在政治認同上產生巨大變化。許多人都已意識到轉變國家認同的重要性，並開始積極關注本地事務的發展。[14]姑且不論土生土長者，即使是在戰後方才南來的部分華人，在經歷馬來亞聯合邦憲制之實施與其後的政治發展之後，對本地政治亦不無覺醒。《蕉風》編委兼活躍的作者之一馬摩西，就極不認同馬來亞華人過去不問政治的態度。他指出，「若果我們只把馬來亞當作賺錢的地方」，其結果「只有步前人的後塵讓政治的壓力所支配」。[15]華人對馬來亞聯邦計畫反應遲鈍與冷淡、以致最終自食其惡果的歷史，顯然促使馬摩西做出深刻反省。因此他主張華人將馬來亞「當作永久居住的家鄉」，積極參與建設，以「建立名符其實的獨立的馬來亞。」[16]另外一名編委陳振亞，也非常反對華人的僑民心態，提出應該取消諸如「流落／落籍／流亡番邦」的心理。[17]而《蕉風》編者更早就在交流欄目裡呼籲華人放棄其「客居」的心態，而負起「主人的責任」。換言之，即在共同建設本土文化的過程中，華人與其他宣稱自己擁有主權、或被認為是真正的土著的「馬來亞各民族」之間，是「精誠的合作」的關係，而非主從的關係。[18]從許多文章可知，《蕉風》的編委與主要評論者們在文化思想或用語之習慣上，還不能完全割捨「中國人」的身分；儘管如此，在國族面貌之抉擇上，他們卻明確主張融入在地的社群與文化，而摒棄離散、流放的心態。

三

安東尼・史密斯（Anthony Smith）在其《民族主義：理論，意識形態，歷史》中指出，國家（state）與國族（nation）是兩個不同的概念。前者與制度行為相關，而後者則指「被感覺到的和活著的共同體，其成員共享祖國與文化」。[19]在作為國家的馬來亞正式誕生之

14 詳閱崔貴強，《新馬華人國家認同的轉向（一九四五—一九五九）》（廈門：廈門大學出版社，一九八九）；黃賢強，《跨域史學：近代中國與南洋華人研究的新視野》（廈門：廈門大學出版社，二〇〇八）。

15 馬摩西，〈馬來亞化問題〉，《蕉風》第十八期（一九五六年七月二十五日），頁二。

16 馬摩西，〈馬來亞化問題〉，頁二。

17 詳陳振亞在「漫談馬華文藝」座談會上談話，《蕉風》第二十期（一九五六年八月二十五日），頁四。

18 〈讀者・作者・編者〉，《蕉風》第六期（一九五六年一月二十五日），封底內頁。

19 安東尼・史密斯，《民族主義：理論，意識形態，歷史》（上海：上海人民出版社，二〇〇六），頁一二。本文引用葉江所譯的版本中，nation 一詞，原作「民族」，此處考量所用術語之一致性，故用「國族」。本文選擇使用國族一詞，乃為凸顯馬來西亞境內各個不同「族」群，出於各種原因——或被迫、或自願、或別無選擇，卻因應一個新生的「國」家單位／疆界之建構，而結合成一「共同體」的關係。

前，文學雜誌《蕉風》已通過其編輯理念之實踐，讓我們得以窺見其對馬來亞國族「共同體」的想像。

作為一本中文文學刊物，《蕉風》顯然撥出了「過多」的篇幅來刊登一些或非中文原著、或非創作性質的文章。以其創刊首半年所刊文章為例，其中不屬中文文學的篇目大致可以羅列並分類如下：

分類	題目	刊期
與馬來亞相關的民間傳說與軼事	蛇的傳說	一
	孕婦島	二
	馬來勇士漢都亞的童年	三、四
	勇士漢都亞的成名	五、六
	漢都亞揚名爪哇	八、十
	漢都亞成仙	二十三
馬來亞歷史、傳說、見聞的翻譯	捕虎記	一
	百年前的星洲天地會	三、四、五
	馬來人的魔術	三

	鬼獵人	四
	巴豆的故事	六
	富有歷史性的怪石	八
	百年前來自中國的帆船	十
	捕象記	十六
	虎在新加坡	十六
	蟋蟀老人	十七
	百年前的星洲奴隸市場	二十
馬來亞社會紀實	母土的呼喊——記巫統婦女部遊藝會	六
	光榮的馬來家庭	二十
馬來亞風土介紹	新嘉坡掌故談	一、二、三
	馬來人的婚俗	六
	椰花酒	八
	馬來甘榜	九
	印度人的婚禮	十

	馬來人捕鱷魚	十一
	馬來人與弄迎	十二
	沙蓋	十三
	馬來人的風俗	十四
	馬來亞的服裝	十五
	馬來人為什麼忌食豬肉呢	十五
	榴槤季節話榴槤	十七
	我所知道的印度人	十七
	馬來人的生活	十八
馬來亞歷史小說翻譯	馬六甲公主	六－二十一
馬來文學譯介	談馬來詩歌「班敦」	三
	馬來民歌選譯	十七
	馬來班頓	二十五

以上列表顯示，以馬來亞為背景的各類非文藝書寫，以及類似題材的文學作品翻譯，幾乎每一期都出現。在其創刊詞中，《蕉風》曾表示不能苟同以「文化沙漠」來揶揄馬來亞的做法，可是也冀望創辦一份「純馬來亞化的文藝刊物」，以讓此地「滋長出茁壯的文化嫩苗」。[20]「純馬來亞化文藝」也是《蕉風》的自我定位，這標語自創刊號起連續多期顯著地出現在封面上。而其稿約的第一條，就是「凡以馬來亞為背景之文藝創作（……）皆所歡迎」。以上列表中的篇目，以及不包括在其中的為數可觀的馬來亞各地的地方書寫與遊記，及較後的馬來亞生活素描之類的文章等，似乎都可說明早期《蕉風》在強調與落實其「馬來亞化」方面，比展現其「文藝性」方面更顯積極與熱切。這些文章內容所涉，從歷史傳說，到民俗風土以及社會文化，包容甚廣。大量刊用的目的，在創刊詞中已有所揭示：「這也許就是我們了解環境達到與其他民族和平共處的最好辦法。」[21]而由以上篇目廣泛涉及馬來亞另外兩大族群與原住民的內容看來，《蕉風》的「純」馬來亞化文藝之大纛，其實是建立在對馬來亞社會族群與文化多方面的「多元」性質的認知，及對其的渴求理解之上。在這本刊物的理性構想中，馬來亞國族並非由單一族群構成；而其成員之文化，亦不該由單一族群文化壟斷。這個由多元族群組成的共同體既然即將共享同一個獨立的國家，那麼其成員所共有

20　蕉風社，〈蕉風吹遍綠洲〉，《蕉風》第一期（一九五五年十一月十日），頁二。
21　蕉風社，〈蕉風吹遍綠洲〉，頁二。

之文化，借《蕉風》所刊的輿論來說，也必須是「融合各民族文化的一個新文化」，[22]「乃是能夠真正代表馬來亞華、巫、印三大民族及其他少數民族利益的文化」。[23]

四

在獨立前《蕉風》所刊的文學創作中，對國族問題的思考，主要表現在本身的族群身分可不可能被主流（馬來）社會認可與接受的書寫上。其中，以華巫之間的愛情為主線的小說，在很大程度上都是華巫之間族群關係之寓言。瓊山〈蘇河之水慢慢流〉中一對異族戀人之間的對話，頗能表達這種情況：

「別人常說：赤道上的青年男女很熱情，妳認為這話說得對嗎？還有，妳對馬來亞留戀不？對我們馬來人的觀感又怎樣？」

「唔，我也這麼說。」她對第一點表示了同意，接著又說：「我從小就生長在馬來亞，我覺得馬來亞是一個樂園，這都是我們祖先的一滴血一滴汗播種出來的。」

「為什麼妳們『支那』有繁榮的祖國不回去，卻要在這遍處蠻瘴的地方居住呢？」馬漢的神氣十分的懷疑。

「我們在這裡投下了血汗，就愛戀著這塊地方。我們中國人和你們馬來民族都是善良的愛好和平的民族，我們大家合作起來，建立一個理想的獨立國家，你說可能嗎？」[24]

以上對白雖嫌顯露與生硬，然而卻明確表現了馬來社會的基本疑慮，及華人因其移民（或移民後裔）身分而被質疑其對馬來亞之忠誠的問題。在山芭仔〈太平湖之戀〉中，華人男主角同樣被其異族戀人的父親懷疑只是將馬來亞當作淘金之地，而遲早都要離棄此地回中國去。雖然兩篇小說的華人主角都堅決表示對這片祖先曾經撒過血汗的土地的熱愛，然而族群整體的情緒到底比個人情愛更具支配力。前一篇中的女主角，最終因為兩族之間的歷史仇恨（其母在日治時期為馬來浪人殺害），不被允許與愛人結合，而致殉情；後一篇中的一對戀人雖然誓不向狹隘的民族主義妥協，然而在這「黑暗的兒子」未能徹底被擊敗之前，他們還是被逼分離。[25]

與此同類的作品，還有羅紀良的〈阿末與阿蘭〉（第三十六期）和卿華的〈烏水港〉（第四十三期）。〈阿末與阿蘭〉中的男女主角雖然青梅竹馬，然而華巫二族根深蒂固的族群意

22 慧劍，〈馬來亞化是什麼？〉，頁六。
23 海燕，〈馬來亞化與馬來化〉，頁四。
24 瓊山，〈蘇河之水慢慢流〉，《蕉風》第十四期（一九五六年五月二十五日），頁二〇。
25 山芭仔，〈太平湖之戀〉，《蕉風》第二十一期（一九五六年九月十日），頁一〇。

識卻始終是他們愛情的障礙，小人的挑撥輕易地就導致他們長久的生離，多年無法衝破的種族藩籬最後更造成他們的死別。〈烏水港〉中的華人男主角雖然為村民所稱讚，然而其戀人的父親終究因為華巫文化之異而反對女兒與他在一起；不合禮法的私奔，於是成了這對戀人長相廝守的唯一出路。

此外，辛生（方天）所著〈一個大問題〉（第十二期），講述的則是當時困擾許多華裔的公民權問題。小說通過華裔老者阿興與兩個馬來顧客的對話，提出非巫裔申請公民權方面所面對的諸多阻礙。首先是面對強勢的馬來族群政黨巫統對華人出生地公民權的反對，因此阿興的兒子，即使是生在馬來亞，也無法取得公民權。而阿興本人，前後在此地居住了近二十年，理應符合公民權的申請條件，然而日治時期他由於生活困難而暫避居新加坡幾年，致使在半島的累積居住年數出現中斷，因此也喪失申請的資格。然而，阿興的另一同業，即使寸步不離、在此居住三十多年，但因為不通曉官方語言，也同樣沒辦法登記公民權。小說借此三類案例，對公民權授予的公正性提出質疑，並對華人僅有居留便利、而不能依法行使公民權利的不合理處境做出抗議。作者亦借華巫人物的對話，有意無意諷刺了主流社群在種族主義心理作崇下，一方面不排斥安分守己的華人為公民，另一方面卻對其應否獲得公民權不置可否的態度。

喚雲詩作〈近打河的潮聲〉，亦是對公民權利的呼喚：「近打河底潮聲，／呼籲著獨立的口號；／猛得革！／猛得革！／每顆人們跳動的心，／熱血在沸騰。／／響亮的潮聲呀！／激起遍野回音：／公民權！／公民權！／人們呀！聲已嘶啞！／怒火爆出心坎！／巫文！／英語！／惡魔似的狂風，／嗤嗤地冷笑，／黃葉紛飄落河床。」。[26]此詩以十八、十九世紀華人移民主要聚落之一的錫礦區近打河為場景，並讓「猛得革」與「公民權」的激越呼聲響徹其上，一方面既寓意華人對結束殖民統治的殷切盼望，另一方面亦透露華人渴望為新生國家所認同的強烈意願。詩中「巫文」與「英語」所發出的惡魔似的冷笑，亦暗示在殖民主義與種族主義不平等的政策下，華人對自身在此地的政治前景之擔憂。

而在堪憂的大環境中，各族能夠接納彼此族群身分與文化之差異，融合共存，一般被認為是建構國族的最佳途徑。葉綠素即在新詩〈日子〉中，對三大民族「兄弟」聯合力量，足以踩倒「狹窄民族的牆」寄託希望；[27]而寒行〈三個人〉，則冀望「馬來亞三大民族團結，／共同來增進馬來亞的繁榮！」[28]

從國族想像的角度觀之，上述這些作品可說皆表現了對馬來亞多元族群社會毫無疑義的認同，然而卻也無可掩飾地透露了作者集體對本身族群不為即將誕生的共同體所接納的焦慮。在頗大程度上，此類作品反映了作者對於族群關係的感受與看法。實際的社會狀況無法

26 喚雲，〈近打河的潮聲〉，《蕉風》第二十五期（一九五六年十一月十日），頁一七。
27 葉綠素，〈日子〉，《蕉風》第十二期（一九五六年四月二十五日），頁二。
28 寒行，〈三個人〉，《蕉風》第三十一期（一九五七年二月十日），頁二一。

讓他們對族群之間的關係盲目地表示滿意，然而他們對跨越族群藩籬，建立多元而和諧的社會卻充滿憧憬。幾乎在所有的以愛情寓言的故事裡，生離或者死別都不代表愛情的失敗。在一些故事中，異族男女在分手之際還能互相祝願友誼永固，並對兩族攜手共謀未來的幸福表示極大的企望。而在另一些故事中，至死不渝的愛情更說明真愛足以戰勝一切分歧，個人的犧牲甚至被賦予摧毀偏狹民族意識藩籬的力量，足以促成兩族的和解。這種對多元族群和睦共處、繼而共同建構新興國族的想望，在「猛得革」的憧憬中，尤顯得熱切。

五

馬來亞（及較後的馬來西亞）之國族建構，在國家獲得獨立逾半個世紀之後，依然是一項未竟的政治議程。一九九一年第四任首相馬哈迪（Mahathir Mohamad）在其「二〇二〇年宏願」下所展望的「馬來西亞國族」（Bangsa Malaysia）激發民間各種不同的反應與詮釋，至二〇〇八年第六任首相納吉（Najib Razak）「一個馬來西亞」（Satu Malaysia）口號引發朝野各政黨對於「馬來西亞人優先」還是「馬來人優先」的爭議，都足以說明這一點。[29]

相對於政治話語的模棱兩可，文學雜誌《蕉風》則早在建國前夕，即已通過對「純馬來亞化」編輯理念的宣導與實踐，為馬來亞國族勾勒了輪廓鮮明的素描。其編者作者們對真正貫徹「獨立」意義的馬來亞的追求、對馬來亞社會之多元性質的洞察與認可，及對融合族群與文化差異之根本肯定，構成了其所意圖之國族（nation-of-intent）的精神面貌。總括而言，這個面貌或許可以一九五六年海燕在其〈馬來亞化與馬來化〉一文中的一句話歸結之，曰：

> 各民族在馬來亞，無論是主要的民族抑或是少數的民族，其地位應該是完全平等的。各民族對外應合稱為一個「馬來亞民族」。[30]

本文發表於《南方華裔研究雜誌》第五卷（二〇一一年十二月）。

29 有關此點，可參考 Cheah Boon Kheng, "Envisioning the Nation at the Time of Independence," 與 Shamsul, A.B., "Reconnecting 'The Nation' and 'The State'," in *Rethinking Ethnicity and Nation-Building: Malaysia, Sri Lanka & Fiji in Comparative Perspective*.

30 海燕，〈馬來亞化與馬來化〉，頁四。

馬華現代主義文學的起始

一、「第一波現代主義」溯源

一九五九一般被認為是馬華現代主義文學運動的肇始之年，而白垚一般被認為是那場運動的領銜人物。那年三月，《學生周報》刊載白垚詩作〈麻河靜立〉；四月，其姊妹刊物《蕉風》刊登白垚以凌冷為筆名發表的文論〈新詩的再革命〉。〈麻河靜立〉被其同時代人如周喚、林也、溫任平等譽為馬華文壇的「第一首現代詩」。多年以後，陳應德以三、四〇年代馬華文壇早已出現未來主義、象徵主義色彩的詩歌來質疑所謂「第一首現代詩」之說，然而，這是後話了。[1]自言「詩心突變」的白垚，在三月之後還陸續發表了多首形式新穎的詩，如〈酋長之夜〉、〈鬼魂語〉、〈古戰場〉、〈長堤路〉、〈森林河〉、〈四月已逝〉等。

那是白垚創作力豐沛的一年。詩作之外，他在《蕉風》新詩編撰與論述上的用力，可能有過之而無不及。[2]繼第一聲「再革命」的號角高姿態呼喚「中國新詩運動的歷史，完結於馬來亞華人的手裡」的豪情之後，[3]五月，他再發表一篇長文〈新詩的道路〉，歷數新詩演變歷程，從胡適的詩體解放，一直到這顆「漂到海外的種籽」落到新馬土壤的狀況。[4]其後，六月號、九月號兩期，他參與編輯附贈的「蕉風文叢」《美的V形》及《郊遊》。[5]這是《蕉風》自五〇年代末起至一九六四年轉型之前，每期隨刊附贈的總共七十餘期「蕉風文叢」中，僅有的兩冊詩選。[6]這兩本在短短三個月之內出現的詩冊，選錄新、馬、港、台詩人作品共五十餘首（其中包括幾首譯作），因風格獨特，故被人以「蕉風派」名之。然而要開創一條新路，光靠出版詩集是不夠的，還需有評論為新詩的天秤標示砝碼。白垚的文章充分展現了對此的理解。於是在上述兩本詩選出版後，他積極扮演評論者的角色，甚為及時的寫了兩篇文章，分別對之做出評論。那就是發表於八月號和十一月號的〈新詩的轉變〉與〈新詩？新詩！新詩〉。

一九五九年的現代主義文學運動，自三月以後幾乎沒有冷場。然而，除了在白垚主持的《學生周報》「詩之頁」版出現一些少年學生的現代詩作在回應著這場運動之外，在《蕉風》，那幾乎就是白垚的獨角戲。[7]

在《蕉風》，「新詩再革命」的迴響，要遲至隔年八月才出現。可是，那與其說是對白

1 陳應德，〈從馬華文壇第一首現代詩談起〉，收入江洺輝編，《馬華文學的新解讀》（八打靈再也：馬來西亞留台校友會聯合總會，一九九九），頁三四一—三五四。

2 當時白垚在《學生周報》通訊部工作，兼編每月一期的「詩之頁」，《蕉風》編務基本上不在他的職責之內。

3 凌冷，〈新詩的再革命〉，《蕉風》第七十八期（一九五九年四月），頁一九。

4 凌冷，〈新詩的道路〉，《蕉風》第七十九期（一九五九年五月），頁七。

5 早年《蕉風》及附贈刊物皆未列編輯名字。參與編輯這兩本詩冊，是白垚二〇一四年三月二十六日致筆者私函告知。

6 附贈的多數是中篇小說，故後來也叫「中篇文叢」。

7 按白垚自己的評估，自一九五八年以來，「本邦真正努力從事現代詩創作的不過十人，這些人又多是青年學生。說努力還可以，說有成就還差一段距離」。見〈藏拙不如出醜——現代詩閒話（之四）〉，《蕉風》第一四〇期（一九六四年六月），頁一二一—一二三。

垚主張的回應，倒不如說是對杜薩在《南方晚報》一篇提及「蕉風派」的文章中，對一些詩歌「將句子拆得雞零狗碎」的非議的回應。這是新任主編黃思騁在第九十四期推出「新詩研究專輯」時，所交代的緣起。[8]實際上，杜薩在其文中所說的是，自凌冷在《蕉風》提出新詩再革命，認為「形式有礙於詩的實質」，其主張引起諸多初學者效仿，導致出現了一些形式根本不是詩，而更像是「擺字陣」的作品。[9]「將句子拆得雞零狗碎」一語，實乃出自黃思騁，而非杜薩。黃思騁對新詩的態度，由此可見。他非常鮮明表達了「蕉風對新詩創作所採的立場」，表示本刊作為以鼓勵創作為宗旨的文學刊物，「勢必在較為幼稚落後的新詩上，多加一點助力」；並且呼籲「文壇鉅子」踴躍提出意見。[10]「新詩研究專輯」一共持續了三期，然而非常諷刺的是，參與討論的「文壇鉅子」（有些還是特約）——包括馬放、林以亮、林音、童蒙、陸林、趙康棣、徐速、唐承慶、岳騫，卻是再三肯定了新詩革命之失敗。他們還相當一致地表示，詩的本質是音樂性，新詩（再）革命主張廢除格律、過度追求形式的自由，結果導致「詩格卑下」。而究其根本，他們之中不少人認為，是跟師法西方自由詩、忽略中國文字特殊性、拋棄古詩優良傳統有關。[11]

繼黃思騁之後出任主編的黃崖——亦即上述專輯作者之一的林音，在他近乎十年的編輯時間裡，對新詩的現況與前途都不表示樂觀。[12]他不止一次表示，新詩受人輕視，主要與詩人素質不佳及努力不足有關。他的〈編者的話〉讓我們知道，新詩是《蕉風》來稿中收穫最多、但平均水準卻又最差的文類。「新詩創作趨向低潮」是他反覆提出的觀察所得。他甚至向新詩作者放話：要擴大刊登新詩的篇幅，「請拿像樣的貨色來！」[13]

現代詩在黃崖主編時期受到較大的關注與討論，是在一九六三、六四年之間。與黃思騁時期很相似，那是起於對他人責難的回應。那是在新加坡南洋大學出版的《大學青年》上一篇題為〈一個呼籲：新詩往何處去？〉的文章，文中指出：「至於現代派，這是一種極其惡劣的詩派，它是源於今日的台灣，最近卻傳播到馬來亞來，這皆歸『功』於兩種臭名昭著的刊物的落力宣傳。」[14]作者葉長樓對「現代派」做出猛烈抨擊之餘，亦強烈暗示《蕉風》與

---

8 杜薩者，即是白垚多次提起的最初質疑「詩之頁」風格的怡保少年詩人冷燕秋。白垚以「蘭言氣類三人行」，來形容他與冷燕秋及周喚在尋求新詩變革之路上的相知相契（見〈路漫漫其修遠兮〉，《縷雲起於綠草》，頁八六）。在中國新文學運動的歷史上，胡適等人提出的文學改良主張，最初並未獲得多少迴響；後來，錢玄同與劉半農雙雙化名在《新青年》上唱了一齣「雙簧」，始激起舊派文人的強烈反應，針鋒相對的討論才逐漸形成。這個小插曲與發生在《蕉風》新詩的再革命上的異曲同工，不同的是在《蕉風》的迴響不是由一齣「雙簧」奏出，而是由新詩再革命的同路人——化名成杜薩——所引起。

9 杜薩，〈新詩拉雜談——讀《新詩基本技巧》有感〉，見《南方晚報》，一九六〇年五月三日。

10 編者（黃思騁），〈蕉風對新詩創作所採的立場〉，《蕉風》第九十四期（一九六〇年八月），頁二五。

11 比較具代表性的幾篇，包括刊在《蕉風》第九十四期的：馬放〈從詩的本質看新詩〉，頁二一—二二；林以亮〈新詩的前途〉，頁二五；林音〈千頭萬緒話新詩〉，頁二六—二七；和第九十六期的：趙康棣〈新詩的出路〉，頁二一—二二；徐速〈新詩派評議〉，頁二二—二四；岳騫〈談新詩〉，頁二七。

12 儘管黃崖本身也曾經寫詩，並且在他南來之前已在香港出版過詩集《敲醒千萬年的夢》。

13 〈編者的話〉，《蕉風》第一一五期（一九六二年九月），封面內頁。

《學生周報》以「藝術無目的論」誑騙文藝工作者，以達致其政治目的。對這個指責的回應在第一三三期《蕉風》以〈一個請教：致葉長樓〉掀開序幕，在其後幾期陸續出現迴響；在這期間，編者因覺本邦讀者與作者對現代詩的諸多誤解，特地刊登台灣著名現代詩人余光中的作品評介。而這次討論的最主要成果，則是幾年前首舉現代詩大纛的白垚的五篇〈現代詩閒話〉。

現代詩再成眾矢之的，然而與幾年前遭全盤否定、處於挨打的情況大不相同，這次現代詩的支持者開始借論述之力，對批判做出正面反擊。而必須注意的是，這是發生在黃崖大力推動現代文學幾年後的事了。在這場文學革新運動中，詩歌看似肇其端緒的主要部門，可是矛盾的是它似乎又不特別被重視。一九六〇年那場針對新詩改革而特辟的「新詩研究專輯」，在持續推出三期之後，就因《蕉風》第一百期的改版造勢戛然而止。到了一九六四年，另一場有關現代詩的論爭頗有氣勢地開了個頭，可是自第一三八期林風提出〈百尺竿頭更進一步——給《蕉風》的建議〉，其後「文藝沙龍」一欄的討論重點，全都轉向刊物的改革之上；現代詩之大局，僅剩白垚一人獨撐。[15]而在刊登白垚第五篇〈現代詩閒話〉之後的隔一期，《蕉風》完成改革，現代詩論爭在「東南亞化」大型純文藝期刊的新招牌下，無疾而終。

二、從「新詩」到「現代詩」

「新詩」和「現代詩」這兩個名詞，在早期的《蕉風》中大致是等義的。比如在第八十四期，目錄頁以「新詩」為文體分類之目，但在該期所有「新詩」作品同排刊登的那一版上，標題卻是「現代詩選」。兩者似乎可以互相置換。而視之白垚一九五九與一九六四年的幾篇文章，二者的內涵也未見得有多大變異。

〈新詩的再革命〉就當時馬來亞華文的環境，提出五點再革命意見：一，馬華新詩是從中國傳統文學中得來的遺產，故為舊詩橫的移植，非縱的繼承；二，廢除格律與韻腳；三，由內容決定形式；四，主知和主情；五，新與舊、好與壞的選擇，亦即詩質的革命。[16]

再革命的對象，是當時新馬最普遍流行的兩種形式的詩歌：新格律詩，與「散文的分行」。前者是隨香港詩人力匡南來而風靡一時的十四行體，或也稱「力匡體」；後者包括走

14 葉長樓，〈一個呼籲：新詩往何處去？〉，《大學青年》第十一期（一九六二年十二月），頁一〇。

15 除了白垚之外，相關文章僅得余光中〈升起現代文藝的大纛〉一文。編者原本在第一三六期預告下期將請余光中撰文討論現代詩，以促進讀者對此的了解。然而這項預告不知何故沒有落實。《蕉風》直到第一四一期——即轉型成為東南亞化的刊物之前兩期，才刊登余光中上述文章。此文原刊於同年五月台灣文學雜誌《文星》，原題〈下五四的半旗！〉，但無法確知是否是預告中的那一篇。

16 凌冷，〈新詩的再革命〉，頁一九。

艾青現實主義路線、但過於平鋪直敘以致索然無味的過分散漫的自由詩。諸如此類的詩歌，在〈現代詩閒話〉裡被稱為「傳統新詩」，指的是自五四新詩運動之後就數十年不思變化、不求上進，而致自成食古不化的傳統的詩歌，與「現代新詩」相對立。

而「現代新詩」，或也可簡稱「現代詩」。後者是六〇年代初期開始逐漸普遍使用的名詞，白垚在〈現代詩閒話〉中對它做了明確的定義：「現代詩是當代的詩，是我們生命所存在的世界的詩。」對進化論的信仰，使白垚相信「現代」一詞乃是「不斷的隨時光充實」、因流動不居而永無止境的。[17]而現代詩則被認為是詩歌隨時光演進的歷程中最能展現「我們生命所存在的世界」的一個里程碑，最足以代表詩歌藝術在那個時代的最新成就與精神，一如民主制度之於政治、太空飛行之於科學、癌症的征服之於醫學一般。故此，白垚認為，新詩的作者唯有「跳進現代詩的火場裡，接受一個火的洗禮」，方才可能獲得再生的希望。[18]

在白垚五、六〇文章語境中的「現代」，非指任何特定的文學形式，而是對傳統不斷改革與創造的力量的體現。因此他說，若在當代能創造超前於現代詩的詩作，詩人當努力為之；若現代詩成為創造的絆腳石，詩人亦當一腳將它踢開。與此同理，白垚主張文學作者不應固守所謂民族風格的傳統形式，或迷信其風格之純一。因為本民族之風格一經與其他民族交匯，必將踵事增華，這是史上多見之事；更何況，任何民族風格都有其特定的時代性，而一個時代詩之風格的形成，乃得力於詩人對傳統風格之創造，而非模仿。有鑑於此，處於多元文化的多角鑽石內的馬華詩人，更不應以民族風格自我束縛，而應從各方吸入光線，「匯成一個屬於此時此地的光源，再向外發射」。[19]「多角鑽石」論，可說是對幾年前「文壇鉅子」以風格（／血統）的不純粹為新詩革命失敗之因的遲來的反駁。

對白垚而言，不斷創新，以求有別於從前、傳統，是現代詩形式之體現；其核心本質，是「時代精神」。正因如此，現代詩人不僅不與人生脫節，而且還表現了對「文物制度的存亡，文化精神的興絕」的無上關懷。[20]而與此崇高大我情操相對立的，則是對偏狹的政黨主義教條的盲目服從。他認為詩歌若如工具論者所言，是「最利害的鬥爭工具」，那麼「這把劍應該剖開人類的心靈，不應作為爭權奪利的武器」。他極力主張詩與政治徹底分離，卻不認為詩人應脫離政治現實而生活。反之，因為對人類文明（文物制度、文化精神）的關懷，現代詩人應該挺身對抗專制和暴力；他不以自己已獲自由創作空間為滿足，而是希望所有專制國家中的詩人共同奮起向獨夫挑戰，以爭取自由創作的環境。

總結白垚這個時期的看法，則文學的使命是「抒述出時代的脈搏，發表出人類的心聲」。[21]而為能更好地承載這個時代——現代，「我們生命所存在的世界」——的生活內容，

---

17 白垚，〈藏拙不如出醜——現代詩閒話（之四）〉，頁一二。
18 白垚，〈不能變鳳凰的鴕鳥——現代詩閒話（之一）〉，《蕉風》第一三七期（一九六四年三月），頁一二。
19 白垚，〈多角的鑽石——現代詩閒話（之五）〉，《蕉風》第一四一期（一九六四年七月），頁一三。
20 白垚，〈蚊雷並不兆雨——現代詩閒話（之三）〉，《蕉風》第一三九期（一九六四年五月），頁一二—一三。

作家勢必得覓求更新的表達形式。他的幾篇文論屢屢以文學／創作／詩之「進步」，與世界／時代之「進步」相提並論。他雖表示文學形式的問題非關好壞，而是「時代進展的新與舊的問題」；然而同時又認為「有新的創造才有進步」。[22]其悖論背後的邏輯依然是：新／現代＝進步／好。而求新，其實也是一種求自由的表現。

三、「新詩的再革命」與「人的再發現」

從歷史的後見之明的角度回顧，我們知道這種對新形式的企求，在六、七〇年代最終將《蕉風》導向了現代主義的文學之路。然而，作為與傳統／舊式文學相對的、具有籠統時間指涉的現代文學，與作為寫作手法的現代主義文學，至少在六〇年代中葉之前，其分界是模糊不清的。《蕉風》同仁對「現代主義」一詞及其附帶意義多持保留態度。甚至連積極推介西方現代主義文學的黃崖，在其編輯任內都更常以含糊的「現代文學」指稱包含現代主義在內的、一切具創新意味的「非古典」文學。相對於在他看來前途未可樂觀的現代詩，黃崖更大力提倡的，是「現代小說」。他認為，慣常以情節和動作描寫為主的古典／傳統小說作法是落伍的，更具時代朝氣與創新意味的寫法，是記述人類內心和意識活動的，特別是他認為當時最流行的意識流小說。在他的推動下，六〇年代的《蕉風》出現了數量可觀的描寫心理的小說，其中有許多儘管與我們今日所認知的現代主義甚異其趣，但它們大體上都顯示了與當時馬華文壇主流強調政治鬥爭的現實主義小說的差異。黃崖對現代小說的推崇雖然多少有點追逐時髦的意味，但究其根本，卻還是立足於人文主義的關懷。

而「人本主義」，正是友聯核心人物陳思明（陳濯生）在一九五九年《蕉風》第七十八期改革號上提出的理念。在那篇以本社名義鄭重刊於卷首的〈改版的話〉中，陳思明指出，在「人的再發現」的時代，人本主義文學乃「馬華文藝的發展路向」。以中國歷史上數度因變亂而出現的文化由北向南伸展的現象／模式為參照，他將馬華文藝的發展解釋為中華文化（再度）南下伸展的結果，並且認為這種伸展的意義——「今天馬華文藝運動所具有的另一層意義」，乃是對暴力與極權的反抗，及對自由與人性尊嚴的覓求。[23]若結合上節所言，洞察白垚的創新求變亦為一種對自由自主的訴求，那麼我們可說，「新詩的再革命」，與「人的再發現」，乃二而一也。以《蕉風》後來作為馬華現代主義文學最主要與持久的發表園地來看，白垚〈新詩的再革命〉一文，不在其改革方案之內，卻機緣巧合地刊行於改革號上，不只耐人尋味地深化了改革的意涵，亦讓一九五九年權宜性地成為馬華現代主義文學運動理想的起點。

21 白垚，〈蚊雷並不兆雨——現代詩閒話（之三）〉，頁一二。
22 凌冷，〈新詩的再革命〉，頁一九。
23 蕉風社，〈改版的話——兼論馬華文藝的發展路向〉，《蕉風》第七十八期，頁三。

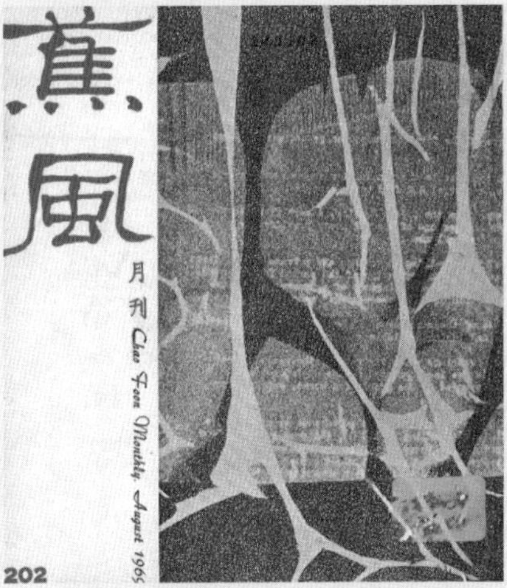

身世的杜撰與建構

白垚再南洋

討論像白垚一般在馬來西亞建國前後南來、爾後復又離去的作家的定位問題，國籍似乎是難以回避的一個重點。[1] 白垚早在八〇年代初即已移居美國，並且日後居美的時間遠勝於當年在馬的日子，然而二〇一六年當他的遺作《縷雲前書》獲選為《亞洲週刊》年度十大小說時，他普遍被各地文化界界定為「馬來西亞華文作家」。[2] 擁有美國國籍的白垚可算是馬華作家嗎？他的作品可算是馬華文學嗎？

一、「我混龍蛇濁水邊」[3]

白垚一九三四年生於中國廣東一個國民黨官僚權貴之家，一九四九年因中國政局動盪而舉家流亡香港。因遇船難，從此家道逐漸敗落。在兄弟眾多的貧困家庭中，他幸為長子，得享較多資源，終能在弟妹或失學、或寄養於親戚處的拮据境況中，順利完成在臺灣大學的學業。然而此後的責任與負擔亦相應的大。一九五七年臺大歷史系畢業後，他應聘南下新加坡參與友聯機構以反共為目標的文化工作，一方面固然因為自身理想志趣與之相契，另一方面也有養家重擔、謀事艱難的經濟考量。離鄉背井、孤身飄泊，因而既是一種選擇，也是一種別無選擇。這讓白垚某種程度上仿似薩依德（Edward Said）的放逐者：被切斷根源、故土、過往，而成一種斷裂的存在狀態。對薩依德而言，這種因斷裂而生的心理創傷，是無可治癒的。[4] 然而難以解釋的是，在白垚前半生的作品裡，上述的創傷卻淡得近乎難覓痕跡。

作為飄泊者，白垚與其同代人極為不同的是：筆下少有故國之思。引薦他進入友聯、同時亦與他一樣有著大陸—香港—南洋的飄泊經歷的姚拓，在南下未幾即已在小說中回顧在大陸時的從軍生涯，而後更有系列散文書寫「美麗的童年回憶」。然而在白垚同一時期的作品中，（故）國與家卻俱皆缺席。家人，作為與「根源」最直接、最有具體血緣關係的存在，大概只能見於遺作《縷雲前書》——而這已是距他離家半個多世紀以後的事了。在這本前後共十三卷、厚八百頁的自傳體小說中，以家人為核心的只有寥寥兩小節，而寫得最多的竟是貧困：父親失業，母親持家，弟妹們輟學工作，誰誰誰賺取多少錢，又拿多少回家；父親對即將遠行的他說：「去咁遠，手錶都冇個。」[5]尤為令他無言以對。家庭生活的沉重，多少

---

1 詳黃錦樹，〈別一個盜火者〉，收入白垚，《縷雲前書》下冊（八打靈再也：有人出版社，二〇一六），頁四六四—四七〇。

2 來自大陸、台灣，甚至鄰國新加坡的報導皆紛紛稱白垚為馬華作家。相關報導分別可見〈《亞洲週刊》二〇一六年十大小說揭曉〉，《福建新聞資訊網》，二〇一七年一月九日，http://www.fj153.com/world/16737.html；李芸，〈《亞洲週刊》二〇一六年度十大華文小說　台灣三書入選〉，《中時電子報》網站，二〇一六年十二月三十日，http://www.chinatimes.com/cn/realtimenews/20161230005863-260405；黃涓，〈《亞洲週刊》二〇一六年十大小說揭曉〉，《聯合早報》網站，二〇一七年一月九日，http://www.zaobao.com.sg/news/fukan/books/story20170109-711298。

3 白垚，〈舊詩紀事·五嶼光景〉，《縷雲起於綠草》（八打靈再也：大夢書房，二〇〇七），頁一七六。

4 Edward Said, "Reflections on Exile," in *Reflections on Exile and Other Essays* (Cambridge, Massachusetts: Harvard University Press, 2000), 173-186.

也是他不堪回首的原因之一吧？這也許也同時解釋了為什麼在他以抒情見長的現代詩中，情詩是其中為數最多的。

作為居留者，負責《學生周報》通訊部以及較後學友會活動的白垚，雖然跑遍了馬來亞南北二城三村六鎮，然而其文字卻始終不曾真正「到民間去」。其友聯先行者，比如方天，雖然在此地只停留了短短兩、三年的時間，但小說集《爛泥河的嗚咽》所錄十多篇小說，卻向讀者揭示他對不同層面的「民間」——碼頭、礦場、工廠、膠林、甘榜等等——的關懷。他一九五六年發表的短篇小說〈一個大問題〉，講述公民權法令對華人的不公平，矛頭更是尖銳地指向本土現實根源：族群政治，與馬來民族主義。其他友聯中人，如被認為像商人多過文人的申青，與常被評為謹小慎微的姚拓，亦多少曾曲筆探向諸如此類無可回避的現實問題。前者借本地三大族群對一塊「無字天碑」之爭奪，批判各族圖以先輩移民之先來後到作為擁有國家主權之判準的荒謬性；後者借「七個世紀以後」國家、民族、語言、宗教等盡將歸無之事，譏諷眼前族群糾紛之了無意義。[6]

「從民間來，到民間去」，是揭竿自由文化的香港友聯努力的目標。[7]隨友聯之移師馬來亞，「到民間去」之具體化，自然就是《蕉風》創刊初期的文學主張：「馬來亞化」。從其自傳體小說看來，白垚對此有充分的認知，也曾對第三十七期提出「新功能表」之後的《蕉風》不再標舉「馬來亞化」做過委婉批判。然而，相較於其上述幾名友聯同仁，他以作品落實的「民間」或「馬來亞化」，卻未免顯得浪漫有餘。

白垚五、六〇年代在馬來西亞發表的詩作，以情詩占多數，此外則是寫人、詠懷之類。他那時最為「馬來亞化」的詩歌，可能就只是觸及現實之地表——地貌勾勒。比如描繪八打靈城郊景象的〈八達嶺的早晨〉：「聽聖堂的鐘聲幽幽／看修女們淺淺的白／日子這般美好／太陽在風向針和十字架上發光／姑娘　你不來啦／有人戚戚地走進拱門／歌聲四起　思潮遂決堤而奔了」，[8]以異域色彩反顯南洋，「呈現了一個過去馬華文學裡從未展現過的」、「殖民史改變了的街景城貌」。[9]又如〈長堤路〉：「而此刻很靜，很悠長／北行的星隆快車剛進站／鈴聲正響起／我見新山碉樓的燈亮了，而你我正在橋上」，[10]以新柔長堤的本土景觀構建情人物語。再有如〈麻河靜立〉：「撿蚌的老婦人在石灘上走去／不理會岸上的人／如我　她笑／卻不屬於這世界／／我愛此一日靜／風在樹梢　風在水流／我的手巾飄落了／

5 白垚，《縷雲前書》上冊（八打靈再也：有人出版社，二〇一六），頁一五九。
6 請見〈非左翼的本邦——《蕉風》及其「馬來亞化」主張〉。
7 白垚，〈微覺歌塵搖大氣〉，《縷雲起於綠草》，頁三三—三四。
8 白垚，〈八達嶺的早晨〉，《縷雲起於綠草》，頁二〇一。
9 賀淑芳，〈現代主義的白堊紀：白垚的反叛，局限和未完待續〉，「二〇一六年文學、傳播與影響：《蕉風》與馬華現代主義文學思潮國際學術研討會」宣讀論文，拉曼大學中華研究中心、留台聯總聯合主辦，二〇一六年八月二十日至二十一日。
10 白垚，〈長堤路〉，《縷雲起於綠草》，頁二〇六。

再乘浪花歸去／一個迴旋／／沒有誰在岸上　我也不在／這個世界不屬於我／那老婦人那笑　那浪花／第八次在外過年了／而時間不屬於我／日落了呢　就算元宵又如何」。[11]此詩如《馬華新詩選讀本一九五七—二〇〇七》編者所言，「似乎不一定要思考太深刻的東西」，[12]但其中亦不免有「我」在時間之流（體現為風、水流、浪花，以及日落、元宵）裡，與空間／現實（體現為老婦人、麻河、世界）之間的關係的隱約思索，但更多的卻是對時光流變的些微悲涼無奈的意緒。

〈麻河靜立〉向被認為是馬華現代主義詩歌的肇始之作。從白垚作於〈麻河靜立〉前後的詩歌來看，作者自言自此詩而始的「詩心突變」，[13]其實更體現在詩歌形式方面，而詩人之情感基調卻顯然未有變異。比如發表於其前的〈變〉與〈老屋〉，不論是男女情愛抑或是人世繁華，都有滄海桑田之嘆。而作於其後的〈酋長之夜〉哀酋長鬚髮成灰、權威不再；〈古戰場〉則寫與日月爭輝的刀光劍影，在千百年後都難逃復歸塵土的命運。時年二十四、五歲，曾經離散的白垚，對如流歲月中諸般人世變幻，自是難免有所喟嘆。[14]

同樣在其「詩心突變」的一九五九年，白垚以筆名淩冷發表了〈新詩的再革命〉，這是日後極為論者所重視的「馬華現代詩宣言」。在這篇文章中，作者首先如此標識自己的身分：

> 我不會忘記自己是華人，我也知道我是馬來亞的華人。什麼樣的土地，什麼樣的陽光和水分，就結什麼樣的果子。放眼縱觀以往詩的路線，橫視今日馬來亞華文的環境，我

願意提出五點再革命的意見〔……〕15

張錦忠以此為「凸顯馬來亞華人與華文的主體性以宣導新詩再革命運動的宣言」，並認為白垚當時「已以『我是馬來亞的華人』自居」。[16]可是，儘管這個革命宣言充分顯示青年白垚懷抱著「中國新詩運動的歷史，完結於馬來亞華人的手裡」之豪情壯志，[17]「馬來亞華人與華文的主體性」云云，體現的卻恐怕還是友聯的集體政治主張。白垚此處身為馬來亞華人的「我」，與馬來亞友聯先驅人物陳思明〈馬來亞的黎明〉一詩中的「主體」其實殊無二致。無論作者是以個體的「我」（〈新詩的再革命〉）抑或群體化的「我們」（〈馬來亞的

---

11 白垚，〈麻河靜立〉，《縷雲起於綠草》，頁一九七。

12 鍾怡雯、陳大為，〈白垚詩選導讀〉，收入鍾怡雯、陳大為編，《馬華新詩史讀本一九五七—二〇〇七》（台北：萬卷樓出版社，二〇一〇），頁二六。

13 白垚，〈路漫漫其修遠兮——現代詩的起步〉，《縷雲起於綠草》，頁八六。

14 白垚〈變〉、〈老屋〉、〈酋長之夜〉、〈古戰場〉等四詩，皆收錄於《縷雲起於綠草》，頁一九五，一九六，一九八，二〇二—二〇三。

15 凌冷，〈新詩的再革命〉，見《蕉風》第七十八期（一九五九年四月），頁一九。

16 張錦忠，〈亞洲現代主義的離散路徑：白垚與馬華文學的第一波現代主義風潮〉，收入郭蓮花、林春美編，《江湖、家國與中文文學》（沙登：博特拉大學現代語文暨傳播學院，二〇一〇），頁二二六。

17 凌冷，〈新詩的再革命〉，頁一九。

黎明〉）為能指，都無有所異的乃為久居此地的華人共同體之代言，而非本身真實經驗之自況。這毋寧可視為有美援背景的友聯在冷戰年代的政治氛圍中，為防止馬來亞之「自由世界」向共產中國傾斜的文化策略。這一點我曾在別處提過，此不贅言。[18]我們不妨以一九六四年白垚發表在《學生周報》上的四首詩作／歌詞，為他本身立場做進一步參照。在他以劉戈、林間這兩個常用的筆名分身發表的作品裡，他高調歡呼「我們是馬來西亞的兒女」，「這是我們的家，／這是我們的家。／我們在這裡出生，／在這裡長大」，（就算是）「最傻的人，／也會保護他的家。」「我們要盡忠，／作個沒有名字的英雄。」[19]這些詩以生長於斯作為「我們」——馬來西亞的華人——盡忠於新生國家的必然前提，因此杜撰「身世」變成不得不然的手段。這與《蕉風》創刊詞中編者所說的「我們華族後裔」「生於斯，居於斯」，甚至還預設了將來的「葬於斯」是相同的，[20]都是以落地生根為考量的政治呼籲。而類似的勸喻性修辭，刊登於以學生為主要閱讀對象的刊物《學生周報》上，其教育意圖，更是不言而喻。

然而，這並不表示白垚寓居吉隆坡的二十餘年間，不曾對自身——作為離散華人——在南洋—馬來亞—馬來西亞的歸屬性，做過真實的思索。我以為，這種關切自身的思索，或不存在於上述規勸意圖甚為彰顯的議論性文章抑或「愛國」歌曲中，而是迂回出現在以他人身世敷演的戲劇裡。

寫於六〇年代中期的歌劇《漢麗寶》與《中國寡婦山》，所述故事皆有所本。前者改寫自馬來文學歷史著作《馬來紀年》（*Sejarah Melayu*）中明朝公主遠嫁馬六甲蘇丹的故事片段，後者則改寫自以民間傳說為藍本的說唱故事《龍舟三十六拍》。

《馬來紀年》中漢麗寶的故事始於中國與馬六甲兩國統治者的國力比試與權力對峙。在雙方勢力不相伯仲的情況下，中國皇帝即想招馬六甲蘇丹為婿，以換取後者對他的稱臣納貢。就這樣，漢麗寶公主在一百艘船艦的護送下，遠嫁馬六甲。蘇丹驚豔於公主之美貌，賜她與五百名陪嫁的大臣之子及五百宮娥同住於一座山崗，那座山崗後來被稱為中國山。做了中國皇帝女婿的蘇丹於是向前者稱臣納貢。不料就因為接受蘇丹的稱臣納貢，中國皇帝竟患上了奇怪的皮膚病，必須喝下蘇丹的洗腳水方能痊癒。痊癒後的皇帝從此不再要求蘇丹稱臣納貢，兩國永結親善。[21]白垚的「四幕歌劇式史詩」《漢麗寶》，[22]則徹底摒棄了掩蓋在和親

---

18 詳〈非左翼的本邦——《蕉風》及其「馬來亞化」主張〉。我在同篇文章中亦對陳思明以薛樂為筆名發表的〈馬來亞的黎明〉進行具體分析。

19 所引詩句分別出自〈不要以為我們怕〉和〈馬來西亞的兒女〉；另兩首題為〈國花頌〉、〈我的古城〉。這些作品應《學生周報》於一九六四年所辦「馬來西亞歌曲創作比賽」而作，皆刊於《學生周報》第四二八期（一九六四年九月三十日），頁六。多少帶有「全集」意味的《縷雲起於綠草》一書，收錄了白垚居留馬來（西）亞期間所發表的幾乎所有詩作，被排除在外的只有極為少數的幾首。上述這四首詩／詞皆不在被收錄之例，不知會否與其過於外顯而露骨的意識形態相關？

20 蕉風社，〈蕉風吹遍綠洲〉，《蕉風》第一期（一九五五年十一月十日），頁二。

的友善煙幕之下的、兩個男性統治者之間權力鬥爭的敘述，而把重點放在和親主角漢麗寶身上。它以一幕戲的篇幅書寫漢麗寶航向南洋途中既彷徨迷惘，又對那「海外桃源」滿懷憧憬的情緒；又以整一幕戲敷演公主和蘇丹婚後的琴瑟和諧。更重要的是，它賦予歷史書寫中無結局的漢麗寶一個結局：在波流陸人偷襲中國山的事件中，公主誤以為蘇丹已殉國，遂以蘇丹所贈短劍撲殺敵人，為蘇丹報仇，最終自己不幸犧牲，以身殉了蘇丹。

《龍舟三十六拍》固然由白垚「憶寫人物情節」，「從頭補回全部唱詞」，「幾番渲染」而得，但故事及其敘事方式大抵還是已經規定在民間講古藝人龍舟德據以說唱的兩頁舊稿中。[23] 據此改寫的《中國寡婦山》雖然延續了相同的背景與故事框架——渤泥神山腳下杜順國的漢化文明、落難的明建文帝與杜順公主二娃的愛情、鄭和南下尋訪建文帝的故事——卻在更大程度上呈現了與它之間的斷裂關係。從簡處理諸如鄭和認主、建文訂策、君臣攜手與海上諸國結盟，以堵鐵木兒汗國南侵中原等在龍舟演義中有較詳細描述的歷史大敘事，[24] 反之鋪陳應文（即建文）與二娃的情意纏綿，以及杜順兒女卜大婉、唐小郎等人的純樸開朗，是其一。完全刪除建文二娃的後代「鳳立天南」、「龍返中原」的情節，對源文本中續統、正統等世俗觀點與願望不做點染，是其二。改寫建文二娃「回駕金陵」、「終隱神山」的團圓美滿，使結局回歸Kinabalu（中國寡婦）貞身化石的本土傳說，是其三。

對歷史傳說的改寫（adaptation），在此不僅涉及文體的轉置，還涉及從新的敘事角度切入舊有文本的處理策略，可以視作為源文本（source text）做出評注，或為所謂「原創」

（the "original"）提供修正的視角。[25]這種對舊文本的回顧，既是對過去的一種重新審視（re-vision），亦是一種修訂（revision）。這正是亞卓安・芮曲（Adrienne Rich）所主張的，以迥異的方式重新掌握舊文本，其目的不是為了要延續傳統，而是為了要與之斷裂。[26]

綜觀上述兩部歌劇文本，我們可以發現兩者之間一個有趣的共同點，也是它們與源文本之間極富意義的「斷裂」：它們皆始於海上，又皆終於死亡。開啟《漢麗寶》歌劇第一幕的「煙波黯」，整個背景就設在遠航的船樓上，起始的幾首詩〈去國吟〉、〈煙波黯〉、〈海怨〉唱出遠嫁公主與隨行宮娥的無邊愁緒，以及對即將前往的異地的迷惘彷徨。中間經引述真實史錄歌唱「有國於此民俗雍，／王好善意思朝宗，／願比內郡依華風」的〈滿刺加讚歌〉，[27]其後遂有「不怕風如劍呀衝破浪如山」的〈海荒行〉。[28]而《中國寡婦山》序幕第一

---

21 相關故事，可見 *Sejarah Melayu: The Malay Annals.* trans. John Leyden (Kuala Lumpur: Silverfish Books, 2012), chapter 15.

22 《縷雲起於綠草》將《漢麗寶》、《龍舟三十六拍》與《中國寡婦山》輯錄於卷三，合稱「史詩三部」，許是作者對其歌劇文本的自我定位。

23 白垚曾在幾篇文章中提及龍舟德在鯉魚門授稿之事。詳〈天涯飄泊，唱在風中的史詩——文本《龍舟三十六拍》前言〉，及〈江湖水闊吾猶念——文本《龍舟三十六拍》後記〉，《縷雲起於綠草》，頁三八四—三八七，四一五—四一七。

24 除了可見於《龍舟三十六拍》的唱詞與旁白之外，我們也可從白垚按語中得知，龍舟演義對建文帝遠赴錫蘭山國途中情況，「也有詳細的描述」。見《縷雲起於綠草》，頁四〇六。

25 Julie Sanders, *Adaptation and Appropriation* (London: Routledge, 2006), 18-19.

26 Adrienne Rich, "When We Dead Awaken: Writing as Re-Vision," *College English* 34, no. 1 (Oct 1972): 18-19.

首詩〈在浩蕩的天地之間〉，亦從「海上」開始進行敘事：「已在海上，海上生明月，／天涯真的若比鄰嗎？」疑惑中本以為遠方迷人的渤泥遙不可達，然而，「驟然霧散十里，舟楫驀近，／驚見岸上林下，水仙錯彩，／非華非夏，亦夏亦華，／許是一顆千年種子，／飄零海上，遇土即芽，／初為蘭芷，傳之為胡姬，／出塵遺世，色香迥異，／亭亭玉立，不知有宋有唐。」[29]

討論改寫理論的學者許多都會參照羅蘭．巴特（Roland Barthes）的「所有的文本都是互文本」，以及克利斯蒂娃（Julia Kristeva）的一切文本都有「互文性」的說法，來申述文本在創作過程中對其他文本的回應，抑或既有的文化材料交織滲透於所有文化產物的可能，以廓清改寫著作的「原創性」及其對於原著的「忠實性」的問題。[30]然而，就上述兩部歌劇的開端而言，極為相近的敘述角度與寓意的重複出現，倒並非出於對各自源文本的回應，而是出於對白垚詩作的「互文」，在一定程度上不無指涉作者本身情感經驗的「忠實」：

沉默中船駛出了黑暗的海港，
揚起帆向遠處的雲山啟航，
回首看來處已沉入浪渚，
海水又有力地激在船旁。

厚厚的黑雲遮住了星星和月亮，
只有桅燈上微弱的光，
天冥遠處有雷聲震響，
黑暗海洋中有洶湧的浪。

我怕深沉的夜裡會加上風雨，
我擔心明天早上醒來仍看不到陽光，
我聽人說過海上折毀的帆桅，
又聽說過船隻怎樣在霧裡迷航。

雖然起錨後一切都如此令人失望，

27 白垚，《漢麗寶》，《縷雲起於綠草》，頁三三四。
28 白垚，《漢麗寶》，頁三三六—三三七。
29 白垚，《中國寡婦山》，《縷雲起於綠草》，頁四二七。
30 可參考 Julie Sanders, Introduction to *Adaptation and Appropriation*, 1-14; Daniel Fischlin and Mark Fortier, General Introduction to *Adaptations of Shakespeare: A Critical Anthology of Plays from the Seventeenth Century to the Present*, eds. Daniel Fischlin and Mark Fortier (London: Routledge, 2000), 1-22.

但請聽我訴說那要去的地方，
那晴空下美麗雄偉的海港，
那進港時歡躍跳動的心房。[31]

這首發表於一九五八年五月的詩，題為〈夜航〉，是編排於《縷雲起於綠草》卷二詩集中的第一首詩，也是白垚南來後的第一首詩。[32]《縷雲起於綠草》之前，白垚未曾出版過任何單行本。作者在此書跋中自言「半個世紀的文字滄桑，今由大夢書房結紮成書」[33]，多少也有將此視為「全集」之意。然而，令人好奇的是，白垚南來之前並非沒有創作——他至少在香港《中國學生周報》發表過好一些詩，[34]一篇小說還曾經獲過獎，[35]可是為什麼這些都不被收錄在「全集」之中？如此的編輯考量於是讓〈夜航〉產生一種象徵意義——它是起始，是史詩的「第一幕」。如果遠航海上，是漢麗寶、建文二娃及杜順兒女「史詩」的起點，那麼，夜航南洋，不也隱喻著作家白垚個人「文學史」的起點？當然，這種「互文」無須等到二〇〇七年白垚「五十年文學功業」的面世才能成立。[36]如果我們同意Fischlin和Fortier所說，「所有的生產常常都是複製」，[37]那麼，六〇年代中期兩部歌劇無獨有偶的「始於海上」，已未嘗不是作者五〇年代末「夜航」的感懷情思的複製。他人的故事與自己的身世，因此也不免有相錯交融之處。

白垚有一首志《中國寡婦山》的七絕，曰：「寡婦山中痴說夢，妄從杜順寫炎方。塗鴉枉負春秋筆，戲借琴台說鳳凰。」[38]前面提到此劇省略源文本之歷史敘述而鋪陳兒女之情，但若此詩道出的是隱於歌劇之後的作者真實意圖，則我們可說，兒女情長非其史詩之本意，他借琴台意欲訴說的，其實是炎方之春秋。既是意在歷史，卻省減龍舟演義中既有之大歷史場景，那是否更有意凸顯由建文、二娃等一眾杜順兒女所象徵的另外一種歷史——飄泊者的歷史？飄泊者，不也正是揚帆入海的詩人？

而由於詩人對「那要去的地方，╱那晴空下美麗雄偉的海港，╱那進港時歡躍跳動的心

31 白垚，〈夜航〉，《縷雲起於綠草》，頁一八九。

32 其實，〈夜航〉並非該書裡志期最早的詩。具有「詩」的外在形式的〈陽光與你相依——記《學生周報》金馬崙高原生活營〉，在發表時間上比它早了三個月。然而，在《縷雲起於綠草》中，後者被收錄在散文卷追憶《蕉風》、《學報》往事的一輯中，顯然其「紀念價值」高於它之作為「詩」。這似乎也可以說明〈夜航〉才是作者本身認可的「第一首詩」。而且，該書自序透露，〈夜航〉實乃作於一九五七年秋冬之交的船上（見頁五—六），因此確乎是白垚「南來後的第一首詩」。

33 白垚，〈丹青舊誓縷雲札〉，《縷雲起於綠草》，頁五〇六。

34 《縷雲前書》幾處提及他曾被力匡譽為「最有潛質的詩人」，見該書上冊，頁八四。

35 小說〈籃球場上〉曾獲《中國學生周報》第五屆徵文賽大學組第八名。該文以本名劉國堅發表於《中國學生周報》第一二四期（一九五四年十二月三日），第七版。

36 《縷雲起於綠草》封面，書名左側即有一行小題，寫著：「白垚的五十年文學功業」。

37 Daniel Fischlin and Mark Fortier, General Introduction to *Adaptations of Shakespeare*, 4.

38 白垚，〈太息魚龍未易兮——《中國寡婦山》的後記之二〉，《縷雲起於綠草》，頁四八三。

房」的無限憧憬，飄泊者對未來命運的迷惘與迷惑，於是總輕易在低吟淺唱中煙消雲散。舞台上的清和佳氣，歌舞昇平，「海上江南」之景致，一方面固然折射天涯飄泊者的願望與夢想，一方面也是和親的歷史與流亡的傳說的「再語境化」（recontextualisation）的結果。[39] 一九六〇年代中期，聯合邦脫離殖民統治，馬來西亞建國，五一三事件尚未發生，族群政治問題尚未表面化，欣欣向榮的開國景象大概還隨處可見。這就是白垚日後念念不忘的「新邦初建，元神充沛，佳氣盈城」的氛圍。[40]更何況，在這個地方，「人文的唐姿番彩，邂逅初逢，街頭驚豔，幾許今古幽思，飯店叫玉壺軒、雙英齋，食肆叫金蓮記，戲院叫柏屏，大道叫安邦律，街區叫蓮藕塘。印象最深的是陳氏書院，宗祠而稱書院，格局內涵，皆典雅淵深。光聽這些名字，會誤以為說的是〈清明上河圖〉中、宋代汴京的酒家飯肆與庠序學堂。」[41]異國他鄉，於是就容易被想像成五胡亂華時代士人奔赴的南方——「海上江南」。即使有巫族印裔雜處的異地風情，也會因眼界所及豐富的中國性符號，而被想像成「回疆風土」、「天竺人情」。[42]更何況，對「新邦」的美好想像，也足以淡化一切的現實艱難。這大概就是為什麼清真寺召喚祈禱的聲音——宗教符號，異族表徵——在方天的小說裡象徵著族群隔閡，聽在白垚的漢麗寶耳裡，卻是「一聲聲清音，／一回回超脫，／彷彿帶來一份神祕的希望」的原因。[43]

由此，我們來到二劇的結局：死亡。不論是漢麗寶身殉蘇丹，抑或二娃望夫成石，都是以死亡表示了無可更易、無可置疑的忠貞。中國古典文學以男女關係比附君臣關係，自屈原以來皆然。對源文本結局的改寫，誠然顯見白垚對此傳統的繼承，不過傳統的君臣關係在現代的語境中則被替換成了「國—民」關係。以移民族群命名的「中國山」，在《馬來紀年》的記載中原本無名，而白垚將之命名為「鳳凰山」，顯然別有深意。鳳凰重生之異能，唯有通過死亡的考驗方能予以證明。一如也唯有死亡，方可驗證「我們的盟誓，／像沉默的山，／靜靜地，靜靜地，／不可奪，不能移。」[44]在飄泊者的語境裡，逝於斯，結束再飄泊之可能，是生命最後歸向的終極說明，也是「落地生根」的最佳詮釋。飄泊者後裔之「新生」，也唯有從飄泊者之死亡中開始。

然而，以形體的落地生根來表達地方認同，在白垚上個世紀的南洋之旅中並未實現。一九八一年，白垚舉家移美。一九五七年南來之時「徘徊在舟上沉吟你遺世的愛情」的那個「作夢的詩人」，寓居馬來西亞二十四年之後，始終並未變成那塊「玉立在婆羅洲眾峰的絕頂」的化石。[45]鳳凰傳說與貞身化石，畢竟只是浪漫的想望。

---

39 Daniel Fischlin and Mark Fortier, General Introduction to *Adaptations of Shakespeare*, 3.
40 白垚，〈京華舊事夢依稀〉，《縷雲起於綠草》，頁四〇。
41 白垚，〈京華舊事夢依稀〉，頁三九。
42 白垚，〈京華舊事夢依稀〉，頁三九。
43 白垚，《漢麗寶》，頁三五二。
44 白垚，《中國寡婦山》，頁四七四。

二、「海天如墨我今還」[46]

夜來幽夢忽還鄉。夢到的不是中國南方的巷陌，不是祖居的堂前大屋，不是兒時的燈前舊事。卻是《蕉風》、《學生周報》的編輯室，是八打靈再也的早晨，是麻河靜靜的水流，是馬六甲中國山上的夕陽，是怡保街頭的黃昏，是檳城沙灘上的月明，是歌樂節的混聲四部大合唱，是舞台上飄忽的歌聲，是學友會的年輕笑語，是金馬崙高原的山中夜雨、淚影燭光。

橫流顧影千尋遠，何處江山不故人。域外斜陽，煙波萬里，問鄉關何處，想的念的，正是那二十四載的居停。[47]

離開馬來西亞，對白垚而言，等於告別文壇。此去經年，他幾乎不再有任何文章發表。[48]直至世紀之末，可能出於對南洋歲月的懷念，可能因為發表的機緣，也可能是上述二者皆有的原因以及其中種種複雜的因素，離馬已近二十年的白垚，開始借文字回航。一九九八年，白垚的憶舊小品初現於《蕉風》。二〇〇一年，〈南洋文藝〉「國際詩人節特輯」刊登他系列紀事舊詩。然而，較有系統與企圖的回憶記敘，則出現在之後的專欄散文中。二〇〇三年，應相同編輯張永修之約，白垚以專欄「海路花雨」追憶他自己浮槎南下，以及友聯諸子如陳思明、燕歸來、申青、方天、姚拓等人在新邦初建的馬來亞「播早春的種子」的前塵往事。這是目前馬華文壇有關友聯的敘述中，絕少的來自「內部」的聲音。二〇〇四年，專欄「千詩舉火」，回顧五〇年代末他所掀起的馬華新詩再革命，以及後續在《蕉風》開展的現代文學運動。二〇〇七年，白垚出版第一本個人專著《縷雲起於綠草》（以下簡稱《縷雲》），卷一的回憶錄散文，大致都是一九九〇年代末以後發表的新著；上述兩個專欄分別收錄為第一、第二輯。卷一所錄除了少數幾篇刊於《蕉風》，餘者皆刊於《南洋商報》，算是白垚某種巧合上的復出於「南洋」。二〇一六年，長篇小說《縷雲前書》（以下簡稱《前書》）出版。這本以作者個人情感經歷為經，以友聯在馬的文化事業為緯的自傳體小說，從二〇〇九年開始書寫，至二〇一五年白垚驟逝，已成文稿約四十萬字，仍有二章一卷未完留白。[49]

45 白垚，〈貞山〉，《縷雲起於綠草》，頁一九〇。
46 白垚，《中國寡婦山》，頁四七三。
47 白垚，〈猶記當年入海初〉，《縷雲起於綠草》，頁二二六。
48 實際上白垚在七〇年代已罕有作品發表，但因他至七〇年代中期依然執編《蕉風》，且在移居之前一直任職於友聯，故與文學／文化界依舊保持一定關係。以他自己的話說，至遷美之前，是「亦編亦商十年」，見〈舊詩紀事〉，《縷雲起於綠草》，頁一八二。
49 關於《縷雲前書》的成書大略，可見梅淑貞〈情知此後來無計〉和劉諦〈《縷雲前書》補遺〉，分別收錄於該書上冊，頁二一—一三，及下冊，頁四〇六—四〇八。

《縷雲》卷一與《前書》，一是回憶錄散文，一是自傳體小說。自傳學者 Karl J. Weintraub 曾以作者意圖呈現內部經驗抑或外部事實來區別自傳與回憶錄。儘管如此，他亦承認二者其實並無法嚴格分割，因為在文體之光譜上，回憶錄與自傳的混種（hybrids）是常有所見的。[50]縷雲二書確乎如此。《縷雲》卷一雖以記敘與友聯、蕉風相關的人文往事為主，然亦多訴諸個人情感經驗，即連冷戰時期一代南來文人的「浮槎繼往」，亦以自己的「當年入海初」掀開敘事。《前書》則雖以「他」為敘述主體，然「他」不在場的時空中之「外部事實」依然得以展示。二書在敘述形式上或有少許分別，但在內容上卻糾結一體。《縷雲》——尤其是卷一第一、第二輯，其實是《前書》許多故事的原材料。我們可以說，同為生命書寫文類的二書，其特質都在於與「過去」對話。作者通過回憶與書寫，把過去召喚到現在。換言之，即在書寫時試圖捕捉過去在當下的存在。因此，書寫「記憶」（memory），儘管無意混淆以往與現今，然而在「記憶」（remembering）之時，過去已通過書寫侵入現在的空間，迫使現在從前景後退，以致淡化。過去與現在之間的界線因此變得模糊不清，二者在某種意義上變成並存、同在。[51]有鑑於此，我們或可說，從一九九〇年代末至他驟逝為止，繼回憶錄散文之後又沉浸於自傳體小說書寫的十餘年間，持續的回顧使白垚在一定程度上把過去帶回到現在，因而也將夢——他的「夜來幽夢」——變成了生活／現實。因此，儘管南洋已遠，白垚生命最後十多年的時光，卻可說是他「再南洋」的一次經歷。

南洋往事，不論可堪追憶抑或可供入夢，其實都是富選擇性的。體現在回憶錄抑或自傳體的書寫中，那是從作者生平無數事實中所擇取的材料之呈現，亦是作者對其記憶進行詮釋之結果。[52]白垚晚年著作最核心的「材料」，莫過於花果飄零之哀痛，與靈根自植之追求。

「九州鐵鑄，四海沸騰」是這些作品的常見詞，[53]亦是開啟其回憶錄故事的大背景。「海路花雨」啟航之作〈猶記當年入海初〉，即以永嘉之亂，喻中共掌權之後的局面；而以「焚書的秦火」喻專制政權對中華文化的摧殘破壞，在《縷雲》卷一諸篇中絕不少見。《前書》則對此有更多的渲染。燕婕（燕歸來）說「紅旗下的大學生活」、方天講王實味「野百合花」被當作毒草的悲劇等諸多情節，都在論證共產主義暴力下自由民主的淪亡。其結果或可以《學生周報》第一屆生活營帶有總結意味的最後一個講座上的一句話概括之：「自由教育和民族文化是共產主義的最大敵人，這說明中國共產黨何以會不遺餘力地，鏟除大陸上一切中國傳統文化和自由教育。」這個以「誰出賣了中華文化？」為題的講座答案甚明：「信仰唯物主義的共產黨人，對中華文化背負歷史的原罪，把列祖列宗的中華文化賣給了馬

---

50 Karl J. Weintraub, "Autobiography and Historical Consciousness," in *Autobiography: Critical Concepts in Literary and Cultural Studies*, Vol. I, ed. Trev Lynn Broughton (London & New York: Rouledge, 2007), 238-239.

51 Gunnthórunn Gudmundsdóttir, *Borderlines: Autobiography and Fiction in Postmodern Life Writing* (New York: Rodopi, 2003), 16.

52 請參考李有成，〈自傳與文學系統〉，《在理論的年代》（台北：允晨，二〇〇六），頁二四一五三。

53 最初見於白垚，〈猶記當年入海初〉，頁二五。

克思。」[54]友聯諸子之認知，同時可證於同時代其他有識之士。比如，被主角「他」讚許為「諤諤一士」的學者羅南穆在一場演說上說：「一般人在政治愛國的狂熱下，把焚書的秦火，誤作導航的燈塔，並不知道中國文化在唐山正飽受摧殘，還以為擁護中國的新政權，就等同為中華文化奮鬥」；[55]而被視為「頭腦開放」的馬華副部長朱運興，則在另一場演說上表示：「馬共利用維護中華文化，製造敵我矛盾，共產黨人只認馬克思，在中國早已將中華文化破壞殆盡，何曾尊重中華文化？」[56]同一感懷的反覆書寫，更其渲染了書寫者文化淪亡的哀痛——遲來的放逐者的悲哀。

對花果飄零的回憶，是「海路花雨」的緣起。數年後收錄於《縷雲》卷首，「海路花雨」易名「浮槎繼往」，則顯示了作者對花果飄零沉澱思索之後的回應。其散文所言「大道可行浮海去」，[57]多年後在小說中有更淋漓的發揮；燕婕所言尤能解釋他們集體的「浮槎」之因：「作為中國人，從來沒有文化認同的危機，魯國不能容納孔子，令他無法把思想在魯國傳播，他想返回他的國家，但龜山阻隔。孔子認為宣揚教化，不一定要在自己的土地上。」[58]「大道」與「國家」，正是《前書》屢屢辨析的文化中國與政治中國。文化中國是一九九〇年代出現的新儒家命題，白垚早期作品自是無此概念。然而，從國家霸權手中攫取「大道」的火種、在政治中國的鐵幕之外點燃文化中國的香火的意圖，卻已然可見於一九六一年的新詩〈火盜〉：

我是賊，可怕的天譴之石圍
無法困我心之矛戟意之剌箭
遂以鐵筆搖銅鑄的天庫
流火繽紛，萬年的黃金城堡遂破
雲湧泉躍龍騰鳳怯冰山溶蛇蛟俱驚
而聽者，我手中有火，我是盜，我不懼天譴
我叛眾神

怒投光之乾坤於崖下，文明自我指際溢出
以火想，我感智慧的白熱
躍時間的巨流，放思而下
鼓聲起處，濃霧沸騰

54 白垚，《縷雲前書》下冊，頁一四五—一四六。
55 白垚，《縷雲前書》上冊，頁二九九。
56 白垚，《縷雲前書》下冊，頁七四。
57 白垚，〈微覺歌塵搖大氣〉，《縷雲起於綠草》，頁三五。
58 白垚，《縷雲前書》上冊，頁三六六。

集塵沙萬里的哀號
我見二十世紀的蕈狀雲
以火想，我將不朽
我咯咯而笑，我舉烽火
我豈真是搖撼天宇的狂徒[59]

此類作品在白垚早期著作中數量其實不多，而且也表達得甚為隱晦，不意卻有「草蛇灰線」之效，伏延數十年，其「遺緒」復得在他晚年著作放大書寫、重新體驗。這遺「緒」，不也可與王德威《後遺民寫作》裡所說的遺「失」，同時也是「殘」遺與遺「留」同為一意？[60]正因為「一個世代的完了」，所以有浮槎南奔的必要；也正因為「一個世代的完而不了」，[61]所以有重新體驗、再度發揮的必要。而由於盜火者在眾神淫威面前「咯咯而笑」、「搖撼天宇」的個人特質，其選擇性的記憶材料最終凸顯的，倒非政治文化遺民的悼亡感傷，而是對左翼勢力的激憤。「再南洋」的白垚，正是借此重塑了他的「南洋」。

彼時南洋，是一座政治狂熱的城堡。自傳體小說的主角抵達南洋之後所遇到一切人事與話題，「無一不涉及政治」。「他心中的文化中國，微不足道，在燠熱中一經蒸化，即為政治，任何文化活動，都與政治劃上等號，非左即右，沒有中道。」[62]「狂熱的城堡」雖為卷四之題，卻也無疑是建構全書的基石。白垚一九五七年底抵達吉隆坡之時，馬來亞固已建國，然而卻獨立「未竟」。英國的殖民政權雖已終結，但另一股帝國勢力卻霸氣逼人。「他」初識的少年朋友如此告訴他：

> 無論在新加坡或馬來亞，英國和中國皆為外來勢力，我們既要擺脫英國的管轄，反對英國的殖民統治，自然不能接受另一種殖民地意識的君臨，馬共是另一種武裝力量，直接受中國共產黨指揮。[63]

以文化的手段抵制武裝暴力，不僅顯現了反共即反殖的正義追求，也呼應「繼往」之目的。《友聯文選》的編撰，不只「為中華文化在海上點火傳燈」，而且也掀開「馬來亞化華校教科書的第一章」，[64]正是飄泊者在狂熱的城堡中靈根自植的體現。教科書之外，與《學生周

59 白垚，《縷雲起於綠草》，頁二二一—二二二。
60 王德威，《後遺民寫作》（台北：麥田，二〇〇七），頁二一五。
61 同上注。
62 白垚，《縷雲前書》上冊，頁二八二。
63 白垚，《縷雲前書》上冊，頁二三七。
64 白垚，《縷雲前書》下冊，頁三〇二。

報》相關的活動是另一項影響深遠的事業。寫第一屆生活營的「夢的峰巒」一卷，最可集中說明此點。此卷通過各個講座讓友聯的開路先鋒們對自由民主與文化傳承的認知做了集中的展現，同時也藉一場檢討會，通過友聯靈魂人物對學員提問的回應，一一駁斥馬來亞社會對於友聯與《周報》的誤解／指責。在自傳體小說中如此周詳追溯自己並不在場的生活營，[65]一方面固然可為友聯在馬來亞的文化事業之純潔性與重要性做一次「歷史聲明」，廓清友聯是美帝代理的疑雲，另一方面也奠定了「他」日後在通訊部裡的工作的正當性與正義性。這些種種，今日回顧，也正是白垚（及其友聯同儕們）的「五十年文學功業」了。[66]

《前書》隨作者驟逝戛然而止於一九五九年的馬來亞，其後「水墨留白」。可誰料白垚其實早已在《縷雲》卷一為我們預留了其後的故事，那就是「千詩舉火」的系列文章。「千詩舉火」寫五〇年代末及其後現代主義文學在《蕉風》的發展，白垚將此文學的發展界定為「反叛文學運動」。回顧之際，千詩所舉之「火」，遙遙呼應背叛眾神的盜火者手中之「火」。火，因此不僅隱喻文化薪傳，更是自由與文明的表徵。文化（中國）固然是盜火者最終的依歸，然而如此的追求裡，同時又必然寄託對自由與文明的堅持。無論是回憶錄中寫燕歸來的「在她心裡，理想如種子，飄泊與散播同義，唯其飄泊，才可散播，而散播又等同成長」，[67]又或者自傳體中「他」所說的「雲，因風的嚮往而飄泊」，[68]「花果飄零」都因而有了新的意義。

白垚嘗言自己「對普希金反抗本國的權威統治、拜倫投身異國的獨立鬥爭，充滿英雄式浪漫的幻想」，故「當年南渡，有我亦應如是的春秋大夢」。[69]不料及抵吉隆坡，新邦已建，他錯過了為馬來亞獨立做出「反抗」、「鬥爭」的機緣。然而，半個世紀後他「再南洋」的經歷中，狂熱的城堡的建構，對殖民勢力的重新詮釋，卻給了他「鬥爭」的可能。以詩／文化之舉火對抗焚書的秦火，以「滿城煥發的青春」傲視「隱隱風雷曾昨夜」，當過去被巨大的篇幅召喚到現在，早年詩裡「我桀驁而笑」、「殺天國專制的王」[70]的青春盛氣自其指尖流溢而出，以數倍於當年的聲勢激盪在狂熱城堡的上空，迴響不已。這就是他的南洋。如此的南洋經驗／「生平」使他懷念，竟至成了他的「鄉愁」。南洋不再是他工作的地方（location）。南洋由此變成了故鄉（homeland）。也許出於對白垚「鄉愁」的理解，二〇一

65 這可能多少出自對所錯過的盛會的補償心理，畢竟這是最多他所景仰的「傳奇人物」齊聚的一次，而且也是具開創性的第一次。

66 張錦忠在〈二一七路十號，ENCORE〉裡說道，這些飄泊者南來之後，「篳路藍縷，辦報出刊（而且是文學刊物），出版華文教科書、開設書店，為華社立下文化基石文學功業，此後大半輩子在斯土打拚傳燈。縷雲起於綠草，五十餘年後，芳草早已碧連天。學友會與《學報》對文藝青年的養成，已成了馬華文學的文化記憶。而今《蕉風》邁向五〇〇期，更為馬華文學史立下豐碑。」見《蕉風》第五〇〇期（二〇〇九年二月），頁一六。

67 白垚，〈當年雲燕知何處〉，《縷雲起於綠草》，頁五九。

68 白垚，《縷雲前書》上冊，頁三五一。

69 白垚，〈隱隱風雷曾昨夜〉，《縷雲起於綠草》，頁四九。

70 白垚，〈新生的力〉，《縷雲起於綠草》，頁二一五。

六年，白垚長子將他的部分骨灰從美國帶回來，撒入馬六甲海灣——漢麗寶航程的終點。「海天如墨我今還」，當年沒能做到的落地生根，最後，終究落實了。

南來者白垚固也曾像其他南來者一樣，杜撰過「我們」、「馬來西亞華人」的集體身世，然而他更多的著作，卻是致力於他自己的身世建構——他的「馬華身世」。他晚年埋首其中的生命書寫，更是一趟長長的回鄉的旅程。《縷雲》二書選擇在馬出版，亦無異於一種歸返，一種文學上的入籍。而在作家漫長而不懈的回鄉之旅面前，以國籍作為文學屬性的絕對切割，毋寧將顯得魯莽而且粗暴。

本文宣讀於「華語語系與南洋書寫：臺灣、馬華、新華文學與文化」國際學術研討會，台灣國家圖書館漢學研究中心、馬來西亞拉曼大學中華研究院聯合舉辦，二〇一七年十一月二十五至二十六日；後收入張曉威、張錦忠主編，《華語語系與南洋書寫：臺灣與星馬華文文學及文化論集》（台北：漢學研究中心，二〇一八）。

黃崖與一九六〇年代馬華新文學體制之建立

在早期《蕉風》編輯中，黃崖無疑是最具爭議性的一位。與姚拓、白垚一樣，黃崖在中共建立政權之後離開中國大陸，先是在香港《中國學生周報》供職，而後於五〇年代下半葉南下新馬，繼續在友聯出版社服務。可是其宿命卻與二者迥異。姚拓雖然至死仍只擁有紅登記，是個「無國籍馬華作家」，然而居馬逾半世紀，尚且不論他在從事寫作、出版、教科書編撰等方面的貢獻，單是友聯長期虧損依然不放棄出版《蕉風》一事，已足夠為他贏得「馬華現代文學的搖籃手」之美譽。[1]而一九八一年移民美國的白垚，雖然比黃崖更早五年離開大馬本土，但是二〇〇〇年之後「再南洋」，以回憶錄散文與自傳體小說的形式華麗回歸，而後《縷雲起於綠草》、《縷雲前書》二巨著的出版，毫無疑義地奠定了他在馬華文學史的地位。反觀黃崖，幾乎掌控一個重要文學雜誌的整個六〇年代，是《蕉風》在友聯時期在任最久的編輯，但除了少數幾個曾得他提攜的作家——尤其是當年在他影響與帶領下創辦海天、荒原與新潮等文社的作家如張寒、慧適、年紅、馬漢，及與他有金蘭之誼的黃潤岳曾在文章中提及／紀念他之外，他對於馬華文學的貢獻，罕見有人論及。[2]黃崖一九六九年與友聯不歡而散，他離職的原因及其後自營出版社的起伏與風波，在後世的傳聞中多少帶有些不堪。儘管如此，若不論個人是非，而僅從文化生產的實質來看，黃崖卻可說是一九六〇年代馬華新文學體制建立的關鍵人物。

一

黃崖向來被認為是執掌《蕉風》編務最久的一個編輯，然而對於他出任主編的確切年分，卻因早年《蕉風》沒有列明編輯的做法，至今難有定論。一說是一九六四年。香港藏書家許定銘即曾如此主張，可是後來在得見第八十二與一〇三期的兩冊老《蕉風》後改變看法，認為「原來之前幾十期沒注明編者的，也可能是黃崖主編的」。[3]但資料的欠缺終究使他沒能進一步做出明確推算。一說是一九六二年。馬華文學館的蕉風網頁，[4]及曾與黃崖共室／共事的白垚在其回憶錄中，皆明確提到相同的年分。[5]另一說則是一九六一年。目前可見最早的資料，是一九六五年刊於五月號《蕉風》上署名文兵者所作的〈一九六四年的馬華文壇〉一文。同一作者在同年十一月為配合《蕉風》創刊十周年紀念而籌畫的「世界文壇十

---

1 一九九六年，《南洋商報．南洋文藝》「但願人長久」系列推出姚拓特輯，即以此為輯名。見該刊，一九九六年十月十六日。姚拓一九九二、九四、九五年也分別榮獲馬來西亞華人文化協會第一屆文化獎、第三屆馬華文學獎，及作協「資深作家—崢嶸歲月」表揚獎，其貢獻普遍獲得馬華文壇承認。

2 反而是外國作者如許定銘、黃傲雲曾關注黃崖在編輯《蕉風》方面的成就。

3 詳閱許定銘，〈黃崖革新的《蕉風》〉，《香港文學》第三〇六期（二〇一〇年六月），及〈兩冊老《蕉風》〉，原刊於《大公報》，二〇一五年八月二十六日。

4 馬華文學館是二〇〇二年之後負責出版《蕉風》的單位，所製蕉風網頁曾整理一九五五至一九九九年歷任編輯名單及其執編年分，然近日查詢，此部分內容已不復存在。

年」特輯而寫的回顧文章亦指出，《蕉風》創刊首五年主編屢有更換，「一直到五年前，黃崖出任主編以後，至今五年當中，《蕉風》又進入一個新階段」。[6]此二文並非事隔多年之後的回憶，又值黃崖在任期間刊於該刊，料其謬誤應該較低。這是本文傾向認同一九六一為黃崖主編時期之始的原因之一。

原因之二則須從編輯學的角度言之。在《蕉風》即將邁向第一百期之際，編輯部在一九六〇年最後一期（第九十八期）的首頁刊登了一則「改版啟事」，聲明將徇眾要求，自第一百期起改為綜合性刊物。這則啟事據說「引起了各地讀者的強烈反應」。[7]在讀者的熱情感召之下，編輯部從善如流，在原擬改版的第一百期鄭重承諾今後將繼續「為文學服務，為青年讀者服務」。[8]經幾個月刊物路線改道的攪擾之後，第一〇一期於是就有了風波既定、新章再創的意味。該期〈編者的話〉如此表示：「今後，本刊將努力達成兩大目標：一為介紹優秀的文藝作品，二為提拔有希望的新作者。」編者亦預告從一〇三期起將陸續介紹近代文藝思潮及具代表性之作。[9]至第一〇三期，編者對本期作為一個新里程的起始做出了正式聲明：「從這一期開始，我們將有系統的來介紹現代世界文學。」[10]其後幾期，「自一〇三期起」的立場、走向又在刊物卷首一再被提及，[11]足見對編者本身而言，第一〇三期頗具分水嶺的意義。

究其實，《蕉風》對「現代世界文學」的介紹並非自第一〇三期方才開始。〈編者的話〉中類似「從這一期開始」的修辭，其實在短短的一年之前也出現過。那是在一九六〇年五月號，主編黃思騁表示將「從這一期開始，陸續介紹世界名家短篇小說」，[12]而他也確曾刊登過莫泊桑（Guy de Maupassant）、契科夫（Anton Chekhov）、愛倫坡（Edgar Allan Poe）、歐亨利（O. Henry）等人的作品中譯。而早於黃思騁接編之前，在五〇年代末，《蕉風》也已經刊登過與法國自然主義、存在主義、超現實主義等「現代世界文學」相關的文章。[13]可是，第一〇三期的編者聲明大有既往不算的意思。這應該與主事者的新舊交替有關。一〇三期出版一年後，〈編者的話〉有云：「一年來，我們花了不少的心力來介紹西方的現代文

5 詳見白垚，〈何物千年怒如潮〉，《縷雲起於綠草》（八打靈再也：大夢書房，二〇〇七）。竊以為白垚與馬華文學館所參考的可能是同一份出自《蕉風》內部的資料，那是由時任《蕉風》編輯的姚拓、小黑、朵拉所整理的「歷任編輯表」，附錄於三人聯名發表的〈四十二年來的《蕉風》〉一文，收入江洺輝主編，《馬華文學的新解讀：馬華文學國際學術研討會論文集》（八打靈再也：馬來西亞留台校友會聯合總會，一九九七），頁七九—八〇。此表正確性頗值得商榷，其上所列白垚主編的年分、編輯團形式的出現、李蒼擔任執行編輯的時間等，皆有謬誤。

6 文兵，〈路迢迢．行徐徐——談十年來的馬華文壇〉，《蕉風》第一五七期（一九六五年十一月），頁二〇。

7 蕉風月刊編輯部，〈本刊啟事〉，《蕉風》第九十九期（一九六一年一月），封面內頁。

8 編輯室，〈本刊啟事〉，《蕉風》第一〇〇期（一九六一年二月），封面內頁。

9 〈編者的話〉，《蕉風》第一〇一期（一九六一年三月），封面內頁。

10 〈編者的話〉，《蕉風》第一〇三期（一九六一年五月），封面內頁。

11 比如第一〇五期（一九六一年七月）：「本刊自一〇三期起，已決定今後選稿寧『精』不『濫』」；第一〇七期（一九六一年九月）：「自一〇三期起，開始有系統的介紹現代世界文學」。皆出自〈編者的話〉，封面內頁。

12 〈編者的話〉，《蕉風》第九十一期（一九六〇年五月），封面內頁。

學」，[14]則頗有將過去一年視為一體的意思。

姑且不論一〇三期起對現代文學的介紹是否比此前更「有系統」，但編者對此態度更加積極倒是客觀的事實。從一〇三期至一一〇期，《蕉風》每期都有專文介紹西方現代主義文學。半年下來，介紹過的作家包括艾略特（T.S. Eliot）、吳爾芙（Virginia Woolf）、海明威（Ernest Hemingway）、康拉德（Joseph Conrad）、福克納（William Faulkner）與湯瑪斯・曼（Thomas Mann），介紹過的文學流派則是意識流小說。除了專論，這幾期還刊登相關作家的作品中譯。這與黃思騁時期在世界名家小說旁僅附錄一則詳略不一的「作者簡介」的做法截然不同。上述幾期專論，皆由莊重、林音二人輪流執筆。莊重與林音，皆黃崖常用的筆名。而尤有意思的是，從一〇三期以降半年的時間，《蕉風》幾乎隔期就有一篇黃崖的小說出現，[15]這與黃崖不避忌在自己所編的刊物上刊登自己作品的作風若合符節。[16]由此看來，黃崖接任《蕉風》主編應不遲於第一〇三期。那是一九六一年五月。[17]

至於黃崖編至何時則比較少有爭議。史料家李錦宗在〈一九六九年新馬文壇動態〉中寫道：「吉隆坡《蕉風》於九月起開始革新，由姚拓、牧羚奴、李蒼與白垚接編。」[18]他後來在另一篇文章中明確指出，上述四人接編之前，該刊乃由黃崖主編。[19]《蕉風》自第二〇二期起革新改版，如今已近乎常識（若不說是「神話」的話）。那是一九六九年八月號。但注明編輯人名字的做法，則從二〇三期才開始。[20]這可能是李錦宗說它九月革新、由姚拓等四人接編的原因。多年前我曾就黃崖編至何時之事詢問白垚，白垚的回答是：「蕉風二〇一期及

之前數年，自方天、姚拓、黃思騁後，一直由黃崖獨編。」[21]因黃崖在《蕉風》上的最後一篇

13 比如皆為鍾期榮所著的〈自然主義的法國文學〉上下，《蕉風》第六十二期（一九五八年五月二十五日）與第六十三期（一九五八年六月十日）；〈存在主義與沙爾特〉，《蕉風》第七十三期（一九五八年十一月）；〈超現實主義的詩〉，《蕉風》第八十期（一九五九年六月）。

14 〈編者的話〉，《蕉風》第一一六期（一九六二年六月），封面內頁。

15 黃崖之前雖也有作品刊登於《蕉風》，但數量相較而言少得多。他一九五九年十二月南來，一九六〇年發表在《蕉風》的作品僅有三篇，可是一九六一年五月起至該年年底（即從一〇三到一一〇期），他以不同筆名發表的作品卻合計有十四篇之多。

16 曾任友聯總經理的何振亞二〇〇四年接受訪問時還耿耿於懷地說道，他請黃崖出任《中國學生周報》總編輯，不料他竟做了「總作者」，在接編的第一期就刊用了自己一篇很長的文章。見盧瑋鑾、熊志琴，《香港文化眾聲道》第一冊（香港：三聯書店，二〇一四），頁一九—二〇。

17 說「不遲於」，因為也有可能是從第一〇一期開始。如前所述，該期〈編者的話〉頗顯新章初啟之意；而且那期除了附贈黃崖中篇小說之外，正刊封底亦刊登其於香港出版的新書廣告一則，頗有為新官上任造勢的意味。若真如此，《蕉風》的黃崖時代，就要推前兩個月了。

18 李錦宗，〈一九六九年的新馬文壇動態〉，《馬華文學縱談》（吉隆坡：雪隆潮州會館，一九九四），頁五八。

19 詳閱李錦宗，〈馬華文學簡史〉，《馬華文學縱談》（吉隆坡：雪隆潮州會館，一九九四），頁三八。

20 未署名的編者在《蕉風》第二〇三期（一九六九年九月）的〈風訊〉中說，刊出編輯人名字的做法，是表示負責任的意思。他同時也交代，上一期乃姚拓與白垚所編，而牧羚奴與李蒼則「從旁幫了不少忙」；而這一期開始，他們才約了牧羚奴、李蒼「參加編務」。見頁九六。

21 白垚致筆者私函，二〇一四年三月二十六日。

文章見於那年五月號，[22]而其後兩個月（至改版前）該刊風格如前，故本文且從白垚之說。

從一九六一年開始主編，至一九六九年離去，黃崖實實在在掌控了一個重要文學雜誌近乎十年的時間。可以說，《蕉風》的一九六〇年代，實際上就是「黃崖時代」。作為當時絕少數持續出版、且聲勢相較強大的非左翼文藝刊物，《蕉風》對於拒絕左傾的文學受眾的影響是毋庸置疑的。然而本文主張黃崖是六〇年代馬華新文學體制建構的關鍵人物，倒還並非由於他占據著文學傳播單位的重要地位，而是因為他以各種身分、名字與方式實踐自己編輯方針的積極性，在極大程度上形塑了六〇年代《蕉風》的面貌。

二

許多學者認為，儘管文學體制（the institution of literature）擁有足以代表它的各種機器（apparatus），然而它並不特別與物質性的機器概念相關，反之更與非物質性的、抽象的想法相關。[23]培德．布爾格（Peter Burger）認為，文學體制發展出的一套美學編碼足以區別不同的文學實踐，而具主導性的藝術概念將決定一個特定時期裡哪些被認可為文學而哪些則不被認可，因此對生產者與接受者的行為模式起著深遠的影響。[24]

在文學體制的確立中，文學批評，或文學論述（literary debates），扮演著重要的角色。它被視為是「體制中的體制」，因為「在公共領域的框架內，它既被指派執行創造評價文學文本的規則，又肩負將規則付諸實踐的任務」。而文學批評者既身處公共領域，其評論即超越了作為其自身／個人的意見的價值，而不可避免地亦烙印著他身後的體制的權威或所屬階級的影子。[25]因此，也有人把它看作是在社會矛盾中「建立文學體制規範的鬥爭」。[26]

黃崖或可謂最善於為建立這些規範做鬥爭的《蕉風》編輯。他在任那幾年，正是文學論述在《蕉風》最為風風火火的一段時期。儘管從今時今日的角度回顧，六〇年代符合如今所謂文學批評標準的著作十分稀有，然而討論文學的屬性、特質、價值、現象等的文章卻不可謂不多。對於後者，時人多以「文學理論」、「文學批評」名之。一九六二年初，《蕉風》第一一三期新辟以「刊登一些評論現階段的馬華文壇的短文」的專欄，[27]為往後好幾年的論辯風潮掀開了序幕。這個專欄雖然無名，但每每置於卷首，編者重視之意，及其導引讀者

22 即黃崖，〈加強東西馬文藝界聯繫——在山打根青年文藝協會的談話〉，《蕉風》第一九九期（一九六九年五月），頁七。

23 見Peter Uwe Hohendahl, *Building a National Literature: The Case of Germany, 1830-1870* (Ithaca & London: Cornell University Press, 1989), 30.

24 Peter Burger, "Literary Institution and Modernization," *Poetics* 12 (1983): 422.

25 Peter Uwe Hohendahl, *Building a National Literature: The Case of Germany, 1830-1870*, 38.

26 Peter Burger, "Literary Institution and Modernization," 422.

27〈編者的話〉，《蕉風》第一一三期（一九六二年三月），封面內頁。

關注之企圖明顯可見。黃崖本身是這些評論最重要的主導者，他以莊重、葉逢生、陸星等筆名在這個專欄裡發表了不少文章，這些文章通常在該期封面的「本期要目」下列於第一，頗有作為「頭條」的意味。在不同的化名／化身之外，編者的身分亦賦予黃崖一定程度的權威性。「編者的話」對相關的文章的不論讚譽、評價或推薦，無形中起著一種導引的作用，對接受者文學觀點的建構多少應該起著一些影響。

一九六三年十一月，黃崖在短時間內刊登第二個文藝座談會紀錄的同時表示：「在共同的討論中，我們可以發掘許多問題，也可以發現許多真理。發掘問題，可免誤入歧途；發現真理，可免在黑暗中摸索；這是每一個文藝工作者所迫切期望和需要的。」[28]基於此原因，同期《蕉風》開闢了「文藝沙龍」專欄。這與其說是一個新的欄目，不如說是一一三期以來論述文章的延續，及其「正名」。自此始至黃崖離任，「文藝沙龍」除了間中在《蕉風》出現重大改革——如「東南亞化」和「重新馬來西亞化」——的初期暫停出刊，或以其他名目與形式出現之外，基本上一直持續至一九六九年，可說聚攏了更多同路人，形成了更醒目的公共輿論。白垚頗為論者所關注的〈現代詩閒話〉五篇，即發表於這個專欄內。而黃崖時期頗常刊登的文藝座談會紀錄，其作用則亦無異於使讀者得以更貼近現場的另一種意義上的「文藝沙龍」。

排除掉文學的政治功能、確立文學的自主法則，是這個時期最為激烈的「建立文學體制規範的鬥爭」。雖然《蕉風》早在一九五九年也曾以激進的姿態提出「反對以政治標準來替代藝術標準」的主張，[29]然而除了作為改革號的第七十八期本身之外，就僅有其後幾期所刊的少數幾篇文論對該論調做出回應；其「鬥爭」誠然是後勁不足的。而黃崖及他的作者們不意竟「隔代繼承」了第七十八期的鬥爭苗頭。這個時期的文藝批評反覆定義文學的屬性，明確主張文學歸屬藝術範疇，不應受政治、道德等任何外在力量干預。他們極力肯定文藝工作者精神的獨立性，反對作者向「黨」或「組織」的原則輸誠，以致淪為政治集團的工具。對文學工具論的強烈反對，使「表達」與「傳達」成為當時用以區分文學作為純粹藝術或政治工具、作者具自主性或從屬性兩種對立面的流行概念。持這種看法的文章很多，有些出自黃崖之手，如〈我們應有的了解〉（一一六期）、〈談文藝批評〉（一二〇期）、〈所謂「反映現實」與「表現個人」〉（一二二期）、〈永恆的存在〉（一二四期），有些出自他人，如施菲〈文藝界？文藝界！〉（一三四期）、高文〈淺談「表達」與「傳達」〉（一三四期）、余立〈奴隸的悲哀〉（一三四期）。而座談會紀錄〈我們的基本信念〉（一三一期）可謂是集其大成者，它不僅是這時期《蕉風》主流意見的一次總匯，而且因其出席者包括了至少二十五名當年活躍的青年作者，因此在一定程度上亦代表了某個層面馬華青年共同的「基本信念」。[30]

28〈編者的話〉，《蕉風》第一三三期（一九六三年十一月），封面內頁。

29〈讀者·作者·編者〉，《蕉風》第七十八期（一九五九年四月），封底內頁。

文學的自主法則對於他們而言有兩層意義。其一，文藝作品的價值存在於其自身，作者唯有本著藝術的良心，忠實地表達自己的內心，方能成就卓越的作品。黃崖數次以史坦貝克（John Steinbeck）之獲得諾貝爾文學獎的殊榮為典範，說明文學堅持自身的純粹性，不為政治教條所干擾與約束的必要性。[31]而中國現代文學史上一些具備文學修養的老作家，在工農兵文學興起之後就再寫不出像樣的作品，則為其反面材料。[32]其二，文學作品是心靈活動的產物，真誠地「表達」只能出自於自由的心靈；而作為「傳達」的工具，其本身是不具有存在意義的。人若失去了自由，則「我」將變成「非我」，甚或淪為奴隸，聽命於暴君／獨裁者的差遣。因此，文學的自主法則，直接關乎人的存在意義。[33]而這第二層意義實際上是使第一層意義成為可能的前提。

從這個角度觀之，最容易掉入使人喪失心靈自由與文學自主陷阱的，無疑就是當時被視為文壇主流的現實主義文學了。高文〈現實主義的陷阱〉（一二三期）、李想〈寫實主義乎，政治工具乎？〉（一三六期）、白垚〈蚊雷並不兆雨——現代詩閒話（之三）〉（一三九期）、李平〈寫實的夢〉（一八八期）等多篇反工具論的文章皆指出，現實主義者對文學改革社會功能的過度要求，將使作品一味強調思想正確性；而過於濃厚的功利主義色彩，最終將導致文學的工具化與公式化面貌。上述那場彙集了至少二十五名青年作者的座談會甚至更明確地指出這種工具效用背後的黨性色彩：「馬華文壇所謂的『新現實主義』，其實也就是共產黨的『革命現實主義』。」[34]另一些文章在指出馬華現實主義在「借著文藝作掩護去進行政治的勾當」時，亦闡述了現實主義本身的時代性與局限性。比如有一篇文章就指出，興起於十九世紀末的寫實主義在彼時已不能算是「最進步的文學流派」，因為其「描寫事實的真相」的價值，已經被後起的一波又一波新的文學潮流——如自然主義、表現主義、象徵主義、寫象派、超現實主義、意識流、存在主義，挑戰與超越了。[35]另一篇文章則指出，無論在民主抑或共產主義的社會裡，寫實主義其實都是難以真正實踐的。在民主社會中，基於政治理由寫作的作者往往採取善惡分明、忠奸立判的二分法，過於簡化書寫對象的複雜性導致寫作的失真；與此同時，由於人的主觀心理感受必然影響人對現實的認識，所以「在基本原理上」，文學也是「不可能絕對寫實的反映人生」。另一方面，在共產主義社會中，作家必

30 雖然《蕉風》在方天主編的時代也曾刊登過幾篇重要的座談會紀錄，但黃崖時代的座談會紀錄卻另有一層時代意義。方天時代的出席者多是本刊編委及一些成名的作家，如申青、馬摩西、范提摩、常夫、曹兮等，他們多是南來作家；而黃崖時代的出席者卻都是土生土長的青年作者，如慧適、梁園、陳孟、張寒、陳慧樺、山芭仔、魯莽、年紅、馬漢、周喚、冰谷、王潤華、淡瑩等皆是。

31 詳〈編者的話〉，《蕉風》第一二二期（一九六二年十二月），封面內頁；莊重，〈永恆的存在〉，《蕉風》第一二四期（一九六三年二月），頁三—四；亦見於〈我們基本的信念〉，《蕉風》第一三一期（一九六三年九月），頁三—四。

32 陳昨非，〈獨立的文藝國〉，《蕉風》第一八八期（一九六八年六月），頁七—九。

33 莊重，〈永恆的存在〉，頁三。

34 〈我們基本的信念〉，頁四。

35 洪堪，〈馬華文壇與寫實主義〉，《蕉風》第一八九期（一九六八年七月），頁九—一〇。

須聽命於黨的指示與政策之故，亦將導致「寫實」成為不可能落實的任務。[36]

黃崖時期對文學自主法則的高度推崇，塑造了六〇年代《蕉風》的兩個重要特質：一是現代主義文學的引入，二是作為「純文藝」刊物的定位調整。這在很大程度上影響了其後的文學發展。

如前所述，黃崖自接編《蕉風》就積極推介西方現代主義作家與作品。在一篇題為〈為現代文學申辯〉的文章中，他表示「現代文學工作者是最輕蔑為某一種目的而寫作的。」[37]在六〇年代的文學語境中，這似乎也意味著最能夠免於掉入「現實主義的陷阱」的一種選擇，也是一種本質更為「純粹」的文學。對應寫實主義在實踐「寫實」方面的不可能性，他認為現代主義文學恰如其反地落實了文學反映時代人生的責任：「這是一個不安、懷疑、失望、頹廢的世紀，現代文學像一面鏡子，把這些外表的、內在的事實映照了出來。」[38]而由於時代的驚人變化，現代世界更趨於紊亂，現代人的心理更趨於複雜，以探索人物心理活動見長的現代主義也許更能因應時代人心變化的挑戰，因而也是一種更「新」、更「進步」的文學。[39]

一九六四年，在青年作者林風建議、據說數以千計讀者回應的情況下，[40]黃崖開始大刀闊斧改革，躊躇滿志地打算讓《蕉風》「一躍而成為東南亞一份具有影響力的純文藝期刊」。[41]改革之後的《蕉風》，在其封面上鮮明的自我定位為「純文藝月刊」。如果我們追溯邁入黃崖時代之前的《蕉風》編輯方針的演變，則可發現黃崖「純文藝」的轉向其實貫徹與實踐了較早前《蕉風》「朝向純文學方面發展」的改革理念——這是友聯同仁在一九五九年提出，然而卻顯然有些雷聲大雨點小的。五年之後黃崖以旁置《蕉風》創刊之初要作為沙漠綠洲的主旨而落實「純文藝」的追求，他的做法無疑比他前兩任主編都來得更為徹底。此事雖說是順應本地部分作者與讀者的意願，卻也十分切合黃崖本身對文學純粹性的追求。他可能亦同意林風所言，認為對本邦青年的培育工作已可交由新近創立的刊物去接班，畢竟出版這些刊物的社團——如海天、荒原、新潮、新綠出版社，都是在他的帶動下成立的。然而，其全力朝「東南亞的權威」邁進、立意以質之高低為選稿之標準的結果，是本地作品的銳減，港台作品的激增。對一本創刊時期以「純馬來亞」文藝刊物自我標榜／期許的刊物來說，半途「純文藝」的轉變，也許就形同一種質變，是對在地責任的背棄。這一方面固

36 李想，〈寫實主義乎，政治工具乎？〉，《蕉風》第一三六期（一九六四年二月），頁一二—一三。

37 陸星，〈為現代文學申辯〉，《蕉風》第一二七期（一九六三年五月），頁三。

38 陸星，〈為現代文學申辯〉，頁三。

39 類似想法可見諸高文，〈現實主義的陷阱〉，《蕉風》第一二三期（一九六三年一月），頁三—四；高賓，〈我們有救了！〉、白萍，〈不要做鴕鳥〉，《蕉風》第一二八期（一九六三年六月），頁三、四。這些文章雖大多使用籠統的「現代文學」一詞，然其內容卻無疑皆指向與「現實主義」文學思潮相對的「現代主義」。

40 林風建議見於〈百尺竿頭更進一步——給《蕉風》的建議〉，《蕉風》第一三八期（一九六四年四月），頁一三。有關讀者迴響則可見第一三九、一四〇期〈編者的話〉。

41 文兵，〈一九六四年的馬華文壇〉，《蕉風》第一五一期（一九六五年五月），頁六九。

然顯得「政治不正確」，另一方面，台灣作品的大量刊載，亦因台灣在政治上被視為美帝之附庸，而其現代派文學之西化取向的緣故，又加重了他人對友聯「政治隱議程」的諸多揣度。[42]

時移事往之後，隨著友聯的政治經濟背景透過口述歷史及同代人的文字追述逐漸浮出水面，與美援文藝體制論說的興起，「冷戰」成了解釋早期《蕉風》基調與走向的最熱門理論。有學者將上述「純文藝」的轉型說成是「台灣化運動」，並認為這「應當是友聯機構在亞洲和東南亞的『戰略部署』」；[43]亦有學者認為其對「現代主義信仰」的鼓吹背後，其實「也有鮮為人知的政治目的與使命」。[44]

《蕉風》對「純文藝」與「現代主義」的追求發生於同一時期，甚至就由同一文學信念派生，然而友聯同仁對於二者的態度與立場其實截然不同。《蕉風》從第一四三至一七三期改為「純文藝月刊」，不僅將疆場從馬華擴大到東南亞，而且還增加篇幅，提高定價，並移至香港印刷，這些重大改革背後若無友聯的認可——或至少默許，則絕不可能持續進行兩年多之久。

相較而言，對於現代主義，友聯核心人物的態度是甚為模糊與保留的。疑為徐東濱的魯文即認為，不重韻腳與排列的現代派詩歌，其分句是「零亂排列著」的。他不像黃崖一般深信現代主義可為死寂的文壇激起「壯麗和動人的」波瀾，反之覺得「他們日後的成績如何，目前似尚難判定」。[45]白垚一九五九年發表的「新詩的再革命」宣言，雖然明顯受到紀弦〈現代派的信條〉的影響，但「現代派」一詞在其文中卻是祕而不宣的。至一九六四年寫〈現代詩閒話〉時，儘管「新詩」在稱謂上已「進化」為「現代詩」，但「現代主義」一詞在五篇閒話中終不可見。此二例或可說明彼時文人對「現代主義」一詞及其附帶意義的不確定性，因此是不能全然以白垚本人半個世紀後重新定義的「反叛文學運動」來掉回頭去詮釋的。[46]即便在接編之初就以介紹「現代文學」為主要目標的黃崖，雖也曾明確表示將現代文學視為一「流派」，[47]而且所介紹的確都是西方現代主義作家與作品，但他的所謂「現代文學」卻也是雙重意思的：一方面明確指涉如佛洛斯特（Robert Frost）、康明斯（E. E.

42 然而，卻也有因這時期作品水準之普遍優於之前而給予高度評價，稱之為《蕉風》的「黃金時代」者，比如賴瑞和。見氏著，〈《蕉風》的台灣化時期（一九六四—一九六七）〉，「二〇一六年文學、傳播與影響：《蕉風》與馬華現代主義文學思潮國際學術研討會」宣讀論文，拉曼大學中華研究中心、留台聯總聯合主辦，二〇一六年八月二十日至二十一日。

43 賴瑞和，〈《蕉風》的台灣化時期（一九六四—一九六七）〉。

44 莊華興，〈戰後馬華（民國）文學遺址：文學史再勘察〉，《台灣東南亞學刊》十一卷一期（二〇一六），頁二三—二四。

45 魯文，〈文藝的個體主義〉，《蕉風》第七十八期（一九五九年四月），頁四；陸星，〈為現代文學申辯〉，頁三。

46 詳白垚，《縷雲起於綠草》第二輯「千詩舉火」。

47 見《蕉風》第一二七期（一九六三年五月）〈編者的話〉：「本刊對各種流派的文藝作品一視同仁，當然，也不會忽視現代文學的價值。」

Cummings）、福克納、海明威等人所運用的「現代創作技巧」，即文學表現形式上的「現代主義」；另一方面則指與「傳統」相對立的、具有新內容與新形式的文學，即籠統的時間上的「現代」。[48]就《蕉風》所刊的評論文章看來，這也是當時許多作者與讀者對「現代主義」的普遍認知。

而儘管黃崖本身在現代主義的推介方面顯得熱情洋溢，在實際操作上，他卻又並非得以一往無前。本邦讀者的反應在這個事件上其實起到不可忽視的作用。由黃崖執筆的〈編者的話〉一時表明將採取精簡政策，儘量選刊簡短的西方文學作品，一時又申明會兼顧讀者的需要與能力來介紹現代文學，[49]已足以說明他在推介現代主義文學方面所面對的諸多掣肘，以及他自己在回應馬華現實狀況時所須做的權衡與調適。觀諸黃崖的文字，可知他本人對「現代主義」一詞的使用毋寧是節制而謹慎的。他慣常以含糊的「現代文學」指稱包含現代主義在內的、一切具創新意味的「非古典」文學。在《蕉風》上直接而顯然無畏地以現代主義作為旗幟的，反而是本地土生土長的青年作者。[50]而明確將「現代主義」、「現代派」等當作「惡名昭彰」的帽子套在《蕉風》作者頭上的，則更多是左翼作家了——這類文章在左翼刊物《浪花》內著實不少。[51]

由此看來，如果《蕉風》對現代主義的引進帶有任何政治目的與使命的話，那大概就是與「純文學」雜誌的定位與訴求共生的，一種內置其中、張揚去政治的政治性——其政治性亦唯有將包括可能源自自身的政治干預都徹底排除，或至少隱蔽，方能達致。這也許是為什麼數十年後許多「學友」回憶起《蕉風》與《學生周報》時，總對時興套於其上的「政治陰謀論」摸不著腦袋，可見當年二刊「去政治」的舉措大致算是徹底的、成功的。[52]而窺之黃崖本身的「現代文學」著作，如此的主張未嘗沒有其真摯性。

三

黃崖對「現代文學」推崇備至。他不止一次以「古典」與「傳統」作為現代文學的對立面。在他看來，側重於「記述人類內心的和意識的活動」的「現代小說」，對古典／傳統小

48 詳陸星，〈為現代文學申辯〉，頁三。

49 詳〈編者的話〉，《蕉風》第一二六期（一九六三年四月）與第一二七期（一九六三年五月），封面內頁。

50 例子之一，可見座談會紀錄〈青年作者與馬華文壇〉，《蕉風》第一七二期（一九六七年二月），頁四—六。

51 一些例子，可見奇思的〈對現代主義一些謬論的批判〉、〈當前馬華文藝的鬥爭〉，及璞玉〈一年來的馬華文壇〉，分別刊登於《浪花》第十五期（一九六七年三月十日），頁一八—一九；第十七期（一九六七年五月十日），頁四—五；及第二十三期（一九六七年十二月十日），頁二—四。

52 見吳海涼，〈末代學友的末代情〉，《星洲日報・星雲》，二〇一八年七月三十日；Mak Lau Fong（麥留芳）"Intellectual Activist, Playwright, Poet"，收入白垚，《縷雲前書》下冊，頁二—七。在許多人的少年回憶中，那多是一段由生活營、野餐會、壁報、舞蹈、音樂、戲劇等譜寫而成的純真歲月。類似文章，可見〈星雲〉版二〇一八年七月十六日至二〇一八年七月三十一日的「學友追憶少年夢」系列文章。

說慣常以情節和動作描寫為主的作法是「輕蔑」的。[53]「反傳統」對他而言，大抵與勇於創新、具時代朝氣同義。因此他認為足以作為當時文壇主流的，是意識流小說。[54]然而，可能由於當時本地小說作者——包括黃崖本身——在資源與條件上的局限，他們對「現代主義」的追求與體現，大多止步於心理描寫。

在主編《蕉風》時期，黃崖對於所刊「善於描寫心理活動」的小說，大多都表示肯定之意。他以馬華作家開始嘗試心理描寫手法為「一個可喜的現象」，「確是值得我們高興。」[55]他自己在小說創作上也頗有對此主張身體力行的表現，比如〈三個十字架〉（第一〇七期）寫少女因愛情而背負十字架的內心之苦，〈懺悔〉（第一一二期）借不同人物之口述表達他們各自的心理感受，〈誤會〉（第一二一期）借主角的內心獨白講述一個烏龍偵探故事，〈老鄉〉（第一四四期）寫人物在內心善與惡兩把聲音中的掙扎等等，可說是以自己的多產來試探了心理描寫的多種可能。可惜黃崖小說人物的內心往往過於淺顯而外露，他們無機而善變的心理往往亦牽動了情節的峰迴路轉，致使他的小說常常掉入言情甚至迷情的通俗套路。

與黃崖同為蕉風學報「一時之瑜亮」的白垚，在其南來後第一首詩〈夜航〉中，抒寫了自己夜航南洋的心情。很巧合的，黃崖南來後刊登於《蕉風》的第一篇小說，也以自己南來的旅程經驗為題材。這篇題為〈航程〉的小說，講述船上乘客之間的人際關係，敘述者「我」大抵就是黃崖的化身（編過《周報》、姓黃）。小說情節在一場颶風來襲之後急遽變化，人物的關係與遭遇亦隨之出現戲劇化的轉變。一篇原本頗為「寫實」的小說，筆鋒一轉之後竟變成有點偵探加言情的通俗之作。因此，同樣非常巧合的，如同白垚〈夜航〉以對遠方的嚮往，開啟爾後其著作中對海上江南的反覆詠嘆，黃崖〈航程〉的風格，似乎也預兆了他南來之後的小說基調與傾向。

黃崖南來之後的著作甚多，但其中最值得關注的，我以為是他以本地政治或歷史為題材的幾部長篇小說：《烈火》及其續集（一九六五、一九六七）、《煤炭山風雲》（一九六八）和《金山溝的哀怨》（一九七六）。這幾部小說雖不脫黃崖一貫的通俗格調，但對本土現實卻又不乏思考，對人物心理的刻畫也不乏細膩之處；再則，這幾部作品寫作時間前後橫跨十餘年，不同作品當中某些前後一貫的態度與立場，或可在某種程度上說明冷戰年代文人的心理結構，亦可讓我們從中窺探黃崖的思想意識與文學觀。以下僅以《烈火》為例以論述之。

《烈火》二部作於《蕉風》東南亞化時期。在他所編的刊物偏離「馬來亞化」創刊初衷最遠的時候，他的小說反而比他之前任何將馬來亞地理作為背景的作品都更加貼近馬來亞。此書亦尤能顯見馬來亞政治現實和黃崖親身經歷與感受的融合。他在〈後記〉中說到自己

53 見〈編者的話〉，《蕉風》第一〇七期（一九六一年九月），頁一。類似看法在其後多期〈編者的話〉中亦復可見，如在第一〇八、一〇九、一一七等期。

54 詳第一〇四期（一九六一年六月）〈編者的話〉與卷首莊重〈談「意識流」小說〉。

55〈編者的話〉，《蕉風》第一〇七期（一九六一年九月），頁一。該期同時刊出幾篇以描寫心理活動為主的小說。

中學時被兩個政治團體爭取的經驗，升大學那年逢大陸變色，也曾每天參加四小時政治學習，直至十個月後逃離故土，去到「不屬於任何中國政權統轄的香港」；幾年之後南來，得知本地青年正經歷與他從前相同的試煉，於是決定寫這部小說。[56]此書將小兒女的愛情置於一九五九年馬來亞首屆全國大選、彼時學校內外左右思想之鬥爭、家庭糾紛等等大語境中來書寫，個人幸福／愛情的抉擇，在其中與個人人生路向緊密關聯。小說主線之一是沈國基與王寶珠之間的情路坎坷。因為階級背景不同，兩人戀情面對各自家庭的激烈反對。意識形態的鬥爭，是黃崖認為深深銘刻在他與同代青年生命中的「時代的烙印」；[57]他在書中借寶珠之弟寶源，與國基的堂弟國光之口，對此做了較理論性的思辨。唯物論的信徒寶源，認為歷史背景與個人的思想意識密不可分，堅信「客觀環境總會決定主觀一切的！」[58]而對左右兩方思想都有意深入理解的國光則質疑此說，認為人的客觀環境可能改變，因此歷史背景——或言階級——就不可能是個人思想形成的決定性因素。他以華人在南洋的經歷說明「歷史背景」的可變易性：

> 在南洋，我們更清楚的看到一個事實：所謂「資產階級」，在兩代或三代以前都是「無產階級」。而且，我們也相信一件事：現在所謂「無產階級」，可能在兩代或三代之後會變成「資產階級」。[59]

既然人的階級屬性可以改變，那麼又何來由階級而生的所謂「階級性」呢？更何況，人類有愛，而「愛是沒有階級的」。[60]小說借一資產階級的情婦不為「銀彈策略」收買，反而最後為愛刺殺情夫復自殺的小插曲，說明人的情感不能以所屬階級來判定。而國基與寶珠為了長相廝守不惜背離自己的階級，離開家庭、自力更生，更是對毛澤東「在階級的社會裡，只有階級的愛」一說的否定。相對於左派常說的「階級仇恨」，《烈火》更強調愛。小說反覆提到人的生存不能以仇恨作為基礎，反之只有彰顯愛，才能使人類達致和諧。如果愛被否定或剝奪，那麼因婚姻遭反對而致精神失常的國光三姑的下場，則就是最好的警示。

階級決定論的荒謬性，在小說許多人物的言行舉止中多有所見；人的某些情感、心態，在其間是無法以左右來作為判準的。比如左傾的王寶源與劉亞明，他們認為所有小資產階級都是資產階級的走狗與幫兇，其主張固然是偏激的；然而國光之弟國明認為左傾分子反殖民主義的主張即意味著反對馬來亞獨立，卻未嘗不也偏激。又比如國基的資本家爺爺與寶珠的無產階級父親，雖然兩人反對國基與寶珠結合的理由不同——前者是基於對王家的成見，後

56 詳黃崖，〈後記〉，《烈火》（香港：高原出版社，一九七四）。
57 詳黃崖《烈火》後記。
58 黃崖，《烈火續集》（香港：高原出版社，一九七四），頁六四。
59 黃崖，《烈火續集》，頁三一一。
60 黃崖，《烈火續集》，頁四七。

者則由於男方是「階級仇人」——可是兩人在這件事情上的偏執與專制態度，則無二致。

一九五〇年代末馬來亞的政治與文化氛圍，在白垚遺作《縷雲前書》中，是「非左即右，沒有中道」的。[61]然而黃崖《烈火》卻顯然在在否定簡單的非左即右之合理性。主角國光對其弟國明「你不靠右，就是靠左；你不支持什麼，就是反對什麼」的說法甚不以為然；[62]他認為「沒有說『喜歡』，就未必會說『不喜歡』」，因為「在『喜歡』與『不喜歡』之間作一個選擇是不簡單的」。[63]許多事情無法截然兩分，究其根源，與人性本身的複雜性有關。黃崖小說對人性主題向來多所著墨，[64]《烈火》一書更是體現了他對探索人性之複雜多面的熱衷。我們且以寶源和國光的爺爺這兩個階級背景完全對立的人物為例作為說明。寶源基於本身的階級立場而仇視資產階級，覺得與國基戀愛的姊姊是階級叛徒，但因感念姊弟之情，始終沒有堅決阻止他們來往。雖然他認為對姊姊處境的同情將使他陷入自己所輕蔑的「溫情主義」的陷阱，而且也視戀愛為具腐蝕力的「小資產階級意識」，但最終還是答應幫姊姊去說服父親。他對國光也一樣。雖然在階級立場上國光屬於理應被打倒的資產階級，而且實際上寶源也曾利用他來掩飾左翼學生組織的政治色彩（而使國光極為不快），但他對國光卻仍存有真摯的友情。當寶源的家人因與馬共有所牽連而相繼被捕時，他甚至勸告前來探望的國光與他家保持距離，以免惹上不必要的麻煩。至於國光的爺爺，雖然在國光眼中是個自私自利、冷酷無情的人，但國光也目睹了他不計利害幫助一個中國來的戲班子，甚至還熱心為他們籌到一筆可觀的盤纏的事實。爺爺平時多有種種不近人情的言行，就在國光因而覺得他是個使人憎惡的資本家時，爺爺為捐助學校建立科學館而慷慨解囊的真誠之舉，卻又讓他不得不反省自己對他的評價，並深刻認知善惡是非之間之難以輕易分界。

人性複雜，人的思想立場自然也如此。比如在國州選舉中，爺爺對助選、投票等民主程序是積極參與的，然而這並不表示他就熱情擁抱了民主。他強迫家人遵從他的政治選擇，甚至要他們發誓把票投給聯盟的做法，已說明了他對民主的違背。他對操縱兒孫終身大事的獨裁姿態也是對民主的諷刺。另一些人，比如國光同學黎志清的父親，也是資本家，曾贊助兒子成立一支籃球隊以對抗校內左翼學生籃球隊。從表面上看，他是社會主義政治路線的死對頭；然而實際上他不僅無黨無派，而且更對政治不感興趣，他所考量的，只是維護自身的生存與利益不受侵害而已。另一方面，對主張社會主義政治的那一方人馬，說他們反對馬來亞獨立，或如他們自己所說，馬來亞仍在殖民主義與極權主義的治下、尚未真正獨立，在國光看來，都是把事情一刀切而導致的偏狹武斷之見。

上述諸端雖然盤根錯節，但個中存在的價值評斷卻並非模糊不清。小說主角國光對冷戰

61 白垚，《縷雲前書》上冊（八打靈再也：有人出版社，二〇一六），頁二八二。
62 黃崖，《烈火續集》，頁一八七。
63 黃崖，《烈火續集》，頁二五八。
64 即便是《煤炭山風雲》與《金山溝的哀怨》二書，雖以本土現實為題材，但歷史或政治的是非恩怨只是小說藉以開展的「故事」，而故事內容所關注和凸顯的，其實還是人性的問題。

時期兩個相互對峙的意識形態的探索歷程，在某個程度上大抵折射了作者本身的想法。國光本有意進一步了解左翼思想，因此跟寶源提出參加他們組織的要求。[65]不過由於他出身資產階級家庭的「歷史背景」的關係，儘管經受組織的觀察、考驗，但接受他加入的批准遲遲沒有下來。這樣的經驗讓國光覺得，左翼對人的「歷史背景」的過分強調，不啻淡化了人作為個體存在的價值；而更糟糕的是，對組織權威的絕對服從，亦將導致人與人之間失去可能的相互理解、信任等較人性的情感，而人與人之間關係異化的結果，則是人將他人變成了（可加以利用的）工具。黃崖《烈火》中的這些思想，與他主編《蕉風》時期非工具論、反附庸性的文學主張是一致的。

相對於輕蔑個人價值的社會主義，小說指出了那個時代另一個可能的選項：自由主義。在故事尾聲，作者借瘋狂的三姑放火燒家以報復獨裁父兄長久以來剝奪自己婚戀與人身自由之舉，極具象徵性地在小說中點燃一把自由主義的「烈火」。而對人生路向的尋尋覓覓，則透過主角國光的思索有所表達。國光否定以抵押個人自由為獲得平等待遇／地位的可能，並認為當人的生活與勞動完全被外在的權力操縱時，平等是不可能發生的。在他看來，自由主義者與個人主義是不可分開的。而個人主義，即如他所尊崇的老師黃士偉所言，其「最簡單扼要的解釋是：自尊，尊人」；[66]人唯有尊重自己與別人的權利，容忍不同思想的存在，做有限度的犧牲，才能夠與他人和諧相處。和諧，是《烈火》幾番強調的一種圓滿狀態與價值。國光當神父的四叔就幾次表示，人與人若能和諧相處，「天國」就降臨了；這與黃士偉在一次與國光討論時所言，只有在和諧的環境中，人類才能夠獲得「最高的自由」同義。[67]正因如此，國光對左右兩派同學之間相互破壞、繼而又相互報復的做法都極力反對；他最終也因為左翼組織訴諸暴力的鬥爭手段而徹底拒絕了社會主義。

實際上，和諧也是黃崖貫徹始終的文學主張之一。他在一九六〇年代就一再提到，文學美感的基本原則是和諧（包括內容與形式、作品與讀者、讀者與社會之間）。[68]到了八〇年代，他在〈漫談文藝創作〉一文中依然將和諧列為構成「美」的首要條件。這篇連載於當時重要現實主義園地〈文藝春秋〉之上的文章，還提及諸如「表達」與「傳達」等與他二十年前發表於《蕉風》、《學生周報》上的文章完全相同的看法。[69]黃崖一九六九年與友聯決裂，十數年後在現實主義刊物上發表的文學觀依舊如昔、未有更易，可見不是什麼「集團立場」。

65 這與黃崖本人的經驗相仿。他曾說自己在中共治下「仍能冷靜的去觀察新政權，每天參加四小時的政治學習」，並曾「和軍事代表、政府代表，甚至外國顧問討論各種問題」。見《烈火》後記，頁四五〇。
66 黃崖，《烈火》，頁二一四。
67 黃崖，《烈火》，頁二五四。
68 可見於黃崖〈三株胡姬〉與〈墨竹與古松〉，分別刊於《學生周報》第三九三期（一九六四年一月二十九日）與第三九八期（一九六四年三月四日）。
69 詳黃崖，〈漫談文藝創作〉，《星洲日報・文藝春秋》，一九八二年四月二十五—五月十四日。

因此，黃崖在六〇年代對現代主義的推崇與推動，不能因其自由主義立場而論定是與友聯的政治目的抑或策略相關。對這種新近流行的文學思潮的熱情，一方面可能是出自他本身對意味著進步的「新」潮流的傾慕；另一方面，其自由主義立場也許也讓他覺得應該任由這種文學思潮「自由」發展。儘管他在小說寫法上力求跟上「描寫心理、輕蔑情節」的新／現代的潮流，但在精神上卻還是以五四那種以人文主義為前提的「人的文學」為倫理目標的。[70]「為人生」的文學觀的影響，使黃崖即便是格調通俗的小說，都帶有「反映現實」的使命。這尤其體現在其小說之故事背景與敘述者的選擇上。他南來後的許多中短篇小說都以馬來亞具體地方為背景，而不少故事都出現一個黃姓的敘述者。雖然其地方背景多數都缺乏實際意義，但作者通過真有其地、親歷親聞的元素來打造一種——哪怕是最表面的——現實感的意圖則甚明。六〇年代中期以降他寫了好幾個以本地現實為題材的長篇小說，而八〇年代則在〈文藝春秋〉發表以本土下層社會人物為題材的「小人物系列」，及以轟動一時的大盜波達清事件為藍本的長篇《半個太陽》。雖然這些小說多數寫得並不成功，但作家的人文主義關懷倒還是可以肯定的。人文主義的立場，使人與人性一直都是他作品的核心關注。他在《烈火》中表示，「如果能夠喚醒人性的覺醒，什麼困難都會消除」。[71]他那時即已主張人性對階級約束的超越性；而到了八〇年代，他也依然強調人性的普遍性，認為「人性是可以突破時間與空間」的。[72]這一點使他與友聯諸人沒有根本的差異。在白垚多年後的回憶中，五〇年代末陳思明所提倡的「人本文學」主張，與徐東濱所鼓吹的「新人文主義」理念，都被溯源至五四時期張揚人的覺醒與個性解放的人道主義基礎上；而他自己的〈新詩的再革命〉，亦是「借五四的火把，照當下的天空」。[73]由此可見，黃崖與友聯諸人所體現的，其實是五四知識分子傳統的其中一面。對他們而言，五四——中國知識分子首次擁有「重新估定一切價值」的自由與正當性的分水嶺、嶄新的「個人主義的人間本位主義」之倫理與價值確立之開端，[74]比之一九六〇年代的現代主義，更可為彼等「現代」之源頭。

四

如上所述，友聯同仁體現了大致相近的倫理目標與文化信念。然而，以友聯的「集團」本位，特別是它與亞洲基金會之間的關係，來解釋每一階段《蕉風》的編輯方針與作品特

70 楊聯芬，《晚清至五四：中國文學現代性的發生》（北京：北京大學出版社，二〇〇三）很精彩地闡述了五四時期的人文主義與中國現代文學之現代性的關係。詳見其書第一章。

71 黃崖，《烈火續集》，頁三三〇。

72 黃崖，〈漫談文藝創作〉。

73 詳〈何物千年怒如潮〉、〈文學慣性的突破〉，二文皆收錄於《縷雲起於綠草》；及《縷雲前書》下冊卷八「夢的峰巒」。

74 上述主張分別見於胡適〈新思潮的意義〉與周作人〈人的文學〉。

色，卻顯然不是理想的做法。因為友聯究其實是一個頗為鬆散的集團，它不是由成色一致的成員所組成的、鐵板一塊的「共同體」。這個在經濟架構上具有機構或公司形式的組織，在冷戰年代的經援來源致使它無可避免地罩上一層政治色彩，而在其中共事者於是容易給人一種「同志」之感。然而，若當真如此，那麼友聯對「同志」的招募也可算是甚為隨便的——至少不曾聽聞有任何人曾被調查背景才獲允加入。而曾經參與其事者也不見得須對它做永久的承諾——比如燕歸來，友聯創辦人之一，據說是將它與亞洲基金會牽上線的核心人物，六○年代中後期即淡出歷史的舞台，避世獨居，只與她的少年同道「通過祈禱互通音訊」；[75]比如方天，作為中共「叛徒」張國燾之子的背景簡直完美符合了這個美援機構的「預設條件」（如果有的話），可是五○年代後期竟那麼自由地離開，而後甚至下落不明；又比如奚會暲，曾經代表友聯與亞洲基金會接觸的重要人物，六○年代曾先後因留學與家庭緣故，先是中斷、後是結束與友聯的賓主關係。[76]讓這些自由來去的人看來成其為「共同體」的，可能只是他們最基本的一個政治立場：反共。這是他們唯一一面鮮明的旗幟。

我們從多個訪談可知，友聯旗下的刊物，其編輯在政治立場不與團體相悖的大前提下，一般享有相當大的自主權。[77]因此，美援背景對刊物最初的定位或形象的奠定可能確實起著一定影響，但對其後續發展產生實際導引作用的關鍵，應該更在編者本身的作風與主張。同為五○年代末自港南來的友聯同仁，方天、姚拓、黃崖主編的《蕉風》風格各異，即可說明這一點。六○年代黃崖主編時期，《蕉風》走向幾番更易：先是大張聲勢宣揚現代文學，繼而一變而成東南亞大型純文藝刊物，最後宣布重新向馬來西亞化進軍。這些種種，與其說是按擬定策略全無意外實踐的陰謀，不如說是在行動者（主要是編者與作者）與時代、環境相互衝突與磨合中偶然產生的。

在黃崖主導下走向以純粹性質與自主法則來確立文學之價值的《蕉風》，雖然在第一七四期之後又重新再高舉馬來西亞化大旗，但這不可視為是對其早年主張的簡單回返。兩年東南亞化的轉向，無意之間也許竟激發了本地作者對自身身分屬性的思考。從其後發生的一場關於「地盤」的小論爭，[78]及逐漸調整更新的作者陣容來看，第一七四期及其後的重新馬來西亞化的內涵，已與創刊初時對本土題材的強調大不相同，而是更指向作者的在地身分與本

75 詳白垚，〈當年雲燕知何處〉，《縷雲起於綠草》（八打靈再也：大夢書房，二〇〇七），頁五三—五九。

76 詳盧瑋鑾、熊志琴，《香港文化眾聲道》第一冊，對奚會暲的訪問部分。

77 曾參與《中國學生周報》編輯工作的羅卡與吳平，在接受盧瑋鑾等人訪問時，都表示不曾在編輯上受到友聯高層的壓力或控制。然而羅卡亦透露，在對一九六六、六七年香港「九龍暴動」的報導中，儘管他本身認為那不盡然是左派煽動就能成事的，但友聯站在其反共立場上，卻認為那問題不宜在當下討論。詳《香港文化眾聲道》第一冊，羅卡、吳平訪問部分。

78 相關文章可見馬覺，〈不要劃分界線〉，《蕉風》第一七七期（一九六七年七月）；梁園，〈致馬覺先生〉，《蕉風》第一七八期（一九六七年八月）；牧羚奴，〈地盤問題不值得重視〉，《蕉風》第一七九期（一九六七年九月）；馬覺，〈說話要針鋒相對〉，《蕉風》第一八〇期（一九六七年十月）；梁園，〈馬華文學的重要性〉，《蕉風》第一八一期（一九六七年十一月）。

土特色。此外，這兩年的轉向在某種程度上亦扭轉了讀者對《蕉風》定位的認知，以致自此之後讀者提起《蕉風》，更多將它視為「純文藝」——而不再是「純馬來亞化文藝」——的刊物。「純馬來亞化」，經此轉折，遽然成為遙遠的、被遺忘的歷史。而經黃崖時代以「純粹性」與「自主性」淘洗的「現代文學」，則逐漸形成一種新的審美符號。

本文宣讀於二〇一九年「馬華文學、亞際文化與思想」跨國學術研討會，（台灣）國立中山大學人文研究中心主辦，二〇一九年十月十八至十九日。

張寒與梁園

一九六〇年代《蕉風》「現代派」的兩個面向

一

作為香港友聯機構南下「發展文化工作」的成果之一，[1]《蕉風》在創刊初期自是有其「時代使命」。然而，它最初數十期積極提倡的「純馬來亞化文藝」，與當時馬華左翼所主張的「愛國主義文學」，除卻雙方意識形態的主觀差異，實質上並無大不同，甚至還有許多互為重疊之處。[2]我們因此可以說，就友聯鮮明的反共背景而言，《蕉風》以「馬來亞化」的文學主張來抗衡左翼思潮，抑或防止南洋「自由世界」的青年向共產中國傾斜，其姿態毋寧是溫婉的。

馬來亞獨立前後，雖然《蕉風》做過幾次改革，[3]可是直至第七十七期為止，其稿約第一條，仍沿用創刊號的「凡以馬來亞為背景之文藝創作（……）皆所歡迎」，編輯方針亦未見有顯著的更易，可見「馬來亞化」至其時依舊是未失其效的大纛。真正具有改弦易轍性質的變革，始自一九五九年四月的第七十八期。那是《蕉風》遷移吉隆坡後出版的第一期。此期編後話如此定位其改革：「本刊原是**綜合性**的文藝刊物，今後則將朝向**純文學**方面發展。」（粗體為引者所加）大概為表明其非「小圈子」文學（抑或非「集團」操縱）的性質，[4]革新號稿約首先聲明的是：「本刊完全公開，歡迎外稿。」其第二條，則捨棄之前對馬來亞背景之強調，改為對文學屬性的標榜：「凡屬於文學範圍之各種作品（……）一概接受。」創作上的「馬來亞化」口號當時仍是左翼文學陣營爭論不休的問題，[5]新稿約隱去現實背景而凸顯文學主體，基本上已展示一種新的姿態。而所謂的「純」文學，大抵是以「反對以政治標準來替代藝術標準」、「不受任何教條的束縛」的創作態度為評斷標準的。[6]其所隱含議程，與該期《蕉風》以「本社」立場在改版聲明中，提出以「人本主義」文學作為對唯物主義思想的抵制，及魯文以「文藝的個體主義」作為對社會主義現實主義的抵制，殊無二致。[7]

第七十八期「純文學」雜誌的定位改革，大致為其後十年的《蕉風》奠定了基調。雖然繼姚拓之後，至一九六九年第二〇二期四人編輯團改革之前，《蕉風》再歷經黃思騁與黃崖此二任不同主編之手，但黃思騁時期「姚規黃隨」[8]，而黃崖時期則由於編者本身（展現在

1 岳心（徐東濱），〈回憶學生報的誕生〉，《中國學生周報》第四七〇期（一九六一年七月二十一日），頁二。
2 有關討論，詳〈非左翼的本邦——《蕉風》及其「馬來亞化」主張〉。
3 比如第十九期改為大開本，第三十七期推出「一張新菜單」，第七十三期增加篇幅、並改半月刊為月刊。
4 當時文壇曾有「小圈子」之議，見方修〈一九五九年的文藝界〉，《文藝界五年》（香港：群島出版社，一九六一）。
5 可參閱宋丹，〈談藝術創作的馬來亞化問題〉，收入《文化問題及其他》（新加坡：愛國出版社，一九五九），頁四三—四五。
6 〈讀者．作者．編者〉，《蕉風》第七十八期（一九五九年四月），封底。
7 以本社名義發表的〈改版的話——兼論馬華文藝的發展路向〉，及魯文〈文藝的個體主義〉二文皆刊於第七十八期。白垚在其回憶錄中披露，〈改版的話〉乃由陳思明執筆；而經他與陳思明討論，推測魯文乃徐東濱。陳思明與徐東濱皆為友聯機構核心人物。詳白垚，《縷雲起於綠草》（八打靈再也：大夢書房，二〇〇七）。

文學論述上的）旺盛的戰鬥力，加上所設文藝沙龍、座談等等，促進了對文學課題的討論，因此更使得自第七十八期以降「純文學，去政治」的風氣得以延燒與彰顯。儘管在他主編期間《蕉風》一度乖離馬華文學的航道，以刊載港台著作為主，然而打的卻正是純文學的牌，那數十期《蕉風》的封面上都印著大大「純文藝月刊」字樣。至一九六六年下半葉，黃崖逐步回航，次年鄭重宣布向「馬來西亞化」進軍，且其後之主張與風格，大體與變易航道前無甚大異，故可視為前期之賡續。

從一九五九年第七十八期到一九六九年第二〇二期的這十年，是《蕉風》自創刊以後最為「驃悍」的時期，也是現代派文學興起的時期。「現代文學」在黃崖任上尤其受到鼓動，因此左翼文人一般都將《蕉風》視為現代派文人的大本營。然而一九六〇年代以《蕉風》為樂土的「現代派」究竟是什麼面貌？本章且以這十年間最多產的小說作者張寒與梁園為例，探討本時期現代主義熱潮在小說實驗方面的成果。[9]張寒與梁園同於一九六〇年在《蕉風》登場，除了在《蕉風》「港台化」期間短暫離場外，他們的活躍期可說是貫穿整個六〇年代。而在「港台化」前後兩個時段，所發表的小說數量也頗為平均。第二〇二期改革之後，梁園除了還發表過極少量的雜感、文論之外，沒再有任何小說；直至一九七七年再度刊登他的小說時，已經是其「遺作」了。[10]而張寒則第二〇二期之後還發表過兩篇小說，之後便絕跡於此。這兩個同是一九三九年生於霹靂州的作家，初登《蕉風》時二十一歲，此後在此耕耘近十年，可說是在《蕉風》茁長的第一代本土「現代派」作家。

二

一九六七年六月，《蕉風》編者在第一七六期編後話中特別提及兩篇風格相異的小說：張寒的〈秋千架上的愛情〉和東方月的〈海濱的故事〉，說前者是象徵本邦「一股新興的力量」的「現代派」，而後者則是「有根深蒂固的勢力」的「寫實派」。[11]〈海濱的故事〉是一個老套而充滿道德規勸的故事，說是「寫實」其實並不盡然。然而〈秋千架上的愛情〉，從心理層面描述主角被壓抑的情欲，倒是十分符合佛洛伊德極具顛覆性的精神分析內容。小說中的母親反對女兒談戀愛及與男友去跳阿哥哥，認為這種時髦舞蹈「只有情的挑逗、欲的引誘」。從人物的對話中，讀者得知母親曾在舞場失身，生下女兒後，她「守寡」，克制情欲，獨力將女兒撫養長大。因此，阿哥哥舞，不僅提醒她過去的失誤，也是情欲的象徵。但

8 語出張錦忠，見〈亞洲現代主義的離散路徑：白垚與馬華文學的第一波現代主義風潮〉，收入郭蓮花、林春美編，《江湖、家國與中文文學》（沙登：博特拉大學現代語文暨傳播學院，二〇一〇），頁二二六。

9 在這段期間，前者共在《蕉風》發表十五個短篇、六個中篇；而後者則有二十四個短篇、四個中篇。

10 那是梁園的〈最後一根火柴〉，見《蕉風》第二九七期（一九七七年十一月），頁五〇—五七。據楊升橋刊於同期的〈梁園的「最後一根火柴」〉一文，此篇原是收錄於十年前《第一次全國短篇小說比賽特輯》裡的一篇排名不甚理想的小說。見頁四四。

11〈讀者‧作者‧編者〉，《蕉風》第一七六期（一九六七年六月），頁二。

是女兒反駁說，在這個苦悶的世界，「如果不發洩，便只有瘋狂。」[12] 為此，母親給她造了一個秋千架，企圖以另一種替代性的滿足來替代原本已是替代性的發洩。女兒在母愛和異性愛之間掙扎，最終把秋千盪成了阿哥哥，被過度旋轉的秋千拋出籬笆外。

情欲，是張寒寫得最多的小說題材。早於〈秋千架上的愛情〉的有〈死亡的約會〉（第一三五期），遲於此發表的則有〈是那欲望〉（第一七七期）、〈耐不住寂寞〉（第一八二期）、〈四萬度的近視〉（第一九六期）等篇。其中寫得最為成熟的，要數〈判我死刑吧〉（第一八五期）和〈標本〉（第一九三期）。這兩篇都從中學教師「我」的主觀感受與意識出發，很巧合的，小說敘述者與作者有幾點相似之處：同樣教授華文，同樣喜歡中國哲學與古典詩詞。[13]

〈判我死刑吧〉的敘述者是個極度內向之人，學生時代在公共浴室，當所有同學都脫光衣服洗澡的時候，他「始終穿著短褲」。而小說開頭他所擬的讀書時間表也顯示，作為教師，他是除了讀書而外別無其他娛樂、十分循規蹈矩、超我人格強大的教師。因此，他只能靠「尋芳」——古代讀書人對「嫖」的雅化修辭——來解決突然升起的欲望。在低級風化區沓都巷，重複出現的「先生，起火嗎？」的妓女招客用語，和他對一路所見不同的妓女形象及其生活空間的描述，與他因而產生的內心感受交錯出現，凸顯了道德與欲望在他心裡的衝突。直到見到映山紅，他終於為這個吸引他的妓女停下了腳步；《詩經．關睢》詩句在他意識中浮現，嫖客與妓女的關係被偷龍轉鳳地包裝成君子與淑女的關係，這讓他終於同意到她屋裡坐坐。然而，慣於被壓抑的欲望並未馬上得到解放。儘管面對除掉衣衫的映山紅，他也慫恿自己「作一次渾然忘我的探險」，[14]但是一方面由於「書生」的價值觀念作祟（把妓女當作古典詩詞裡的佳人），另一方面由於對性病的恐懼——不僅因其導致的肉體上諸種恐怖症狀，還更因其將違逆倫理道德責任：「不能生育……子曰：『不孝有三，無後為大。』」[15]——使他最後選擇純聊天而不「起火」。而後，內向的敘述者愛上了映山紅，在自覺「該讀點論語」的時候，無法自制地跑到映山紅那裡。孔子語錄的引述與他對映山紅的憐憫、愛戀之情的抒發交融在一起，起初「子曰」之後所引尚且完整，後來僅剩片段，最後竟至篡改《論語》：

子曰：「大哉，映山紅之為妓也，巍巍乎，惟天為大，惟映山紅則之……」我不欲讀論語矣！大丈夫讀論語何所用哉！人欲橫流，氾濫於天下。天下之人，不入於嫖，則入於奸；我欲見映山紅矣！映山紅居陋巷，一簞食，一瓢飲，人不堪其憂，映山紅也不改

---

12 張寒，〈秋千架上的愛情〉，《蕉風》第一七六期（一九六七年六月），頁六。
13 張寒曾用原名張子深寫過《唐詩傑作欣賞》（一九六六）、《孔子說》（一九九五）等書。
14 張寒，〈判我死刑吧〉，《蕉風》第一八五期（一九六八年三月），頁四五。
15 張寒，〈判我死刑吧〉，頁四五。

其樂，不改其樂，不改其樂……[16]

映山紅不露痕跡地僭據聖賢之位，所呈現的已非道德與情欲的衝突，而是敘述者陷入錯亂的精神寫照。類似的把欲望對象與其他不相干的人或物揉混在一起，以表達敘述者渾沌、迷亂的意識狀態，又或者讓其欲望之暗流得以通過蒙混的方式湧現的寫法，還出現在〈標本〉裡。

〈標本〉的敘述者應女學生絮絮之邀，陪她上山捕蝴蝶製標本，不料中途遇雨，兩人困在山洞時，暗戀老師已久的絮絮趁機向他表白心意。敘述者因為人師表的身分，再加上這個職位在謀職艱難的時代得來不易，所以平時明知絮絮對他有特別的情感，也從來不敢多看她一眼。然而，在與世隔絕的山洞裡，敘述者潛意識裡的欲望開始很巧妙地浮現：

絮絮的尼龍衣，像蝶翅，太單薄了，她多像那隻紙板上的標本蝴蝶，色彩鮮豔。奇怪，為什麼越看她越美？這是一隻很特出的蝴蝶，打了防腐劑，可以不怕它亂飛。平時在學校，從沒注意她的思想這麼成熟，人家說和熱帶有關，大概不錯！不錯，熱帶的蝴蝶，色彩要比別處鮮豔，不久前，一位外國的生物學家特地來馬來亞捕蝴蝶，據說就因為這裡的蝴蝶太可愛！的確，絮絮是一個可愛的學生〔……〕[17]

到底絮絮像蝴蝶？還是蝴蝶像絮絮？在此已經含混不可分。對這個喜歡古詩的感性老師而言，美麗的蝴蝶原該屬於自然，人類不應該用「那象徵死亡的白網」[18]追逐它們，繼而將之製為標本。然而，被雨打溼尼龍衣、困坐山洞的眼前的女學生，卻跟死去的蝴蝶一樣可愛誘人。去採製蝴蝶標本的要求是絮絮提出的，而小說又是從老師的角度來敘述，讀者讀至此處很容易以為絮絮將會變成老師所採製的標本。可是張寒的筆調極富象徵與暗示，當敘述者在山洞躲雨時，他的感受是這樣的：「我望向雨中，只覺得雨絲織就一幅大網，把我罩住。」[19]「那象徵死亡的白網」所捕獲的，顯然將不是絮絮。果然，在經不住誘惑的敘述者逾越了他自己「非禮勿動」的教誨之時，絮絮突然一把將他推開。——原來老師平日的道學家模樣使她受挫，她因愛成恨，以採製標本為計色誘之，以期揭開他偽君子的面目。達成目的後，她揚言次日將此事告訴全班同學，並丟下惶恐的老師揚長而去。這位原本就基於現實生活的考量而壓抑自己欲望的老師，最終「在最後一隻蝴蝶標本旁邊，寫下我的姓名……」[20]死亡之網在他被困山洞時就已經漫天撒下，他——而非在其意識中與蝴蝶標本混

16 張寒，〈判我死刑吧〉，頁四六。
17 張寒，〈標本〉，《蕉風》第一九三期（一九六八年十一月），頁一一二。
18 張寒，〈標本〉，頁一一〇。
19 張寒，〈標本〉，頁一一二。
20 張寒，〈標本〉，頁一一五。

同的女生——才終將是被採製的標本。

除了情欲暗流，張寒也善於書寫怪異，或非理性的人物心理。一九六四年的〈精神病患者〉和一九六八年的〈最後的勛章〉是其中寫得較成功的兩篇。「精神病患者」是六〇年代現代版的「狂人」，這篇小說與〈狂人日記〉一樣都是從非「正常人」的角度敘事：後者因為認為有「吃人」一事而被當作瘋子，而前者則因常問人「你敢肯定廿四小時內沒有戰爭嗎？」而被認為精神不正常。不同於新文化運動主將的啟蒙意圖，此篇講述的是經二次世界大戰洗禮的世代對未來的不可確知的心理。從敘述者「我」的獨白中，我們知道，原本打算三個月後與他按古禮結婚的未婚妻，在一次的爆炸中被炸死了。未婚妻的慘死成為他難以接受的事實，雖然他主觀上將它當作曾經做過的惡夢，但他的人生態度卻不覺深受影響。他不願去工作，「因為我知道每一天都有戰鬥機在天空飛翔，誰敢擔保廿四小時內沒有戰爭？」[21]也認為只有將科學家殺死，將製造武器的聰明人囚禁，世人才能擁有幸福。有一天他邂逅一個少女，因為喜歡她的小腿，就突然愛上她，旋即又突然表示要與她結婚。當他想到她也可能毀於戰火時，又突然生起欲念想占有她（「古禮」先前已讓他嘗過了延後而終究喪失幸福的苦果）。為此，他被少女未婚夫揍了一頓，過後送院，被認為是患上精神病。此篇小說顯然是受了那個時代方興未艾的存在主義思想的影響，「精神病」，其實亦未嘗不是社會對這個處於荒謬世界中的人所表現出來的惶惑與無助的精神層面的解釋。

〈最後的勛章〉則借一個逃兵的敘述，探索人性被扭曲之後的意識層面。主角古復在

「剛到可以結婚的年齡」被征入伍，在炮火中度過緊張的三年，空虛的時候只能跟其他兵一樣往妓寮鑽，「和沒有感情的女人製造感情」。[22]最後他忍受不了不斷發生的流血與死亡，逃離隊伍。可悲的是，眼前並沒有理想的世界在等待他。在他眼中，都市是「血腥的都市」，充滿著各種欲望與罪孽；自然是「死掉的自然」，人們因崇尚虛假而使之枯萎。他遇見了一個女人，想和她發生關係。他用兵丁與國家之間的邏輯來理解他和那女人之間的關係：「我有需要，她就應該施捨；像國家有了戰爭，需要新兵，我們就應該施捨生命。」[23]他對不服從其需要的女人施以暴力，間接諷刺強徵兵丁也是國家對人權施以暴力的一種形式。對於這個被文明暴力扭曲、無法再適應正常社會的逃兵而言，死亡可能就是他的「終點的自由」。[24]

張寒還有幾篇小說以意識流手法潛入賭徒的心理。〈竹青鬼〉（第一七九期）寫賭鬼王求貴因聽信算命佬的話，深夜入墳場向竹青鬼求真字，次日被人發現死在那裡。小說前半部將王求貴的意識流動、經歷、感覺、對鬼的告白緊密交織，主客觀觀點的切換處理得自然

21 張寒，〈精神病患者〉，《蕉風》第一四一期（一九六四年七月），頁一〇。
22 張寒，〈最後的勛章〉，《蕉風》第一八七期（一九六八年五月），頁四八。
23 張寒，〈最後的勛章〉，頁四九。
24「血腥的都市」、「死掉的自然」、「終點的自由」，都是小說幾個小節的標題。

而成熟。後半部突然轉用全知觀點，揭示求貴妻子與舊情人的餘情未了、求貴的死訊、竹青鬼的靈驗，倒讓小說落入俗套。相較而言，〈翻種〉是處理得較成功的一篇。小說通過兩條主線並行敘述：其一，是割膠工人兼賭徒大麻成的獨白，講述他與妻子（被稱為「生孩子的」）之間不和諧的婚姻關係；其二，大麻成與其牌友牛屎殼、屎坑板及賣鹽的四人之間的對話，內容主要與麻將桌上的廝殺有關，其中用了許多「行話」和粗口。故事在兩條線的不斷交錯間推進，而大麻成婚姻的結局與其牌局的結果最後交集在一起：妻子與人私奔的消息傳到麻將館來，大麻成剛巧在那時候吃了詐胡。這兩個壞結局湊在一起發生，反成了大麻成的一大好事，讓他有了從無望的舊生活中解脫出來的可能。結婚用去了大麻成所有的積蓄，誰知婚後妻子藉故辭去工作，加重了他的經濟負擔。他剛結婚時也曾積極上進，但妻子好吃懶做兼臭脾氣，不單無法做個稱職的「生孩子的」，且與他人有曖昧關係，致使他對妻子憎惡至極。大麻成按其本行，將她比喻成「被蟲蛀了心的老樹」，認為「遇到有錢的園主，早已用鏟泥機把你連根鏟掉，改種最新的六〇〇種了。」[25]因此，他最後決絕宣布戒賭，不僅是履行自己「吃詐胡，就戒賭」的承諾，也是蛀食他生活的「老樹」突然被鏟除，讓他看到「翻種」的希望，他唯有趁此契機也鏟掉自己的惡習，才可能有真正的新生。

三

論對於現代技巧的積極嘗試，梁園所做的努力，可能還稍早於張寒。《蕉風》編者在一九六一年九月的第一〇七期特別指出該期幾篇以描述心理活動為主的小說，並表示：「二十世紀來的現代小說，是輕蔑『情節』和『動作』的，它們是以記敘人類內心的和意識的活動，來刻畫人物和提出問題；作為現代的馬來亞作家能開始往這一條路向前走，確是值得我們高興。」[26]其中，〈鳥語花香〉即是梁園之作。此篇以青年作家李子春為意識中心，敘述其心境從緊迫沉悶到「鳥語花香」的轉變。李子春在一個極度悶熱的環境裡構思一篇以「自殺」為題的文章。這是一個受讀者與編者歡迎的題材，可是對失業已久的他自己而言，卻是加深其消極與煩悶的題目。苦思不果的他跑到街上溜達，但聲色犬馬的都市無法紓解他疲憊的神經。最後，他無意間來到一座湖濱公園，自然風光使他心曠神怡。他在公園木椅上發現一本停刊了的雜誌《銀湖》。許多人——包括他自己，曾攻擊過這本雜誌一味描寫社會美好的一面，麻醉人們奮鬥的意志。此時，周遭環境的美好使他「心地是那麼清明，沒有偏見，沒有憂慮」，他不禁翻開雜誌，讀者由此借人物之眼，看到一段編輯的話。編輯引廚川白村

---

25 張寒，〈翻種〉，《蕉風》第一八六期（一九六八年四月），頁一六。
26〈編者的話〉，《蕉風》第一〇七期（一九六一年九月），封面內頁。

的話說物質文明使現代變得急而醜，故此刊有意刊登歌頌自然與人性美的文章，給人以精神上的美酒。他讀著讀著，「看看自己幾年來的煩悶，默默有些悟解。」[27]小說從心理層面寫一個寫作者的體悟，一方面讓人產生貼近作者本人內心的聯想，另一方面也不無對當時主流文壇對於《銀湖》之類雜誌的不公指責做出含蓄的非議。

梁園發表於一九六三年的〈雷聲〉，可說是《蕉風》較早期出現的「意識流」小說，被編者認為是以「一種新的手法」寫作的「不可多得的傑作」。[28]題目「雷聲」既是故事發生的背景（雷聲隆隆的夜裡），也是古老的審判之神「雷公」在場的象徵。作惡多端的男子在精神昏沉而家裡空無一人之際置身如此的氛圍中，其內心所思與他先前幹過的壞事通過他內在獨白的方式交織出現。後來，雷聲漸大，他越覺恐懼，其自我與良心的對峙越加強烈，之前為他所否認的種種壞事，也漸漸在他起伏的心情中逐一做出承認。

在以靈活處理敘述觀點作為現代小說創新表現的六〇年代，梁園在這方面也做過不少嘗試。然而，在新邦初建的年代，梁園小說更大的特色與意義可能還在其筆尖跨過了本族的範疇，而伸入了他族的世界。與一般以華文寫作的馬華作家不同，梁園對馬來族群顯示了極大的興趣。他在六〇年代初期就曾以本名黃堯高發表了馬來小說譯作〈一輛老爺車〉（第九十六期），不久又發表一篇論文〈現代馬來文學〉（第一〇二期）。以他在《蕉風》發表的小說而言，以馬來人為書寫對象／主角的作品不僅不在少數，而且還持續了整個六〇年代。這包括：〈阿敏娜〉（一九六〇）、〈傳統〉（一九六一）、〈羊〉（一九六二）、〈瘋子〉（一九六三）、〈驚覺〉（一九六四）；《蕉風》重新「馬來西亞化」之後則更多：〈縣長下鄉記〉（一九六七），〈太陽照在吡叻河上〉、〈月亮在我們腳下〉、〈新一代〉、〈星光悄然〉、〈都市的攻擊〉（以上皆發表於一九六八）。

其中一些小說觸及馬來人的習俗。比如〈驚覺〉（第一三七期），寫的是馬來人的多妻制。垂垂老矣的主人翁雖然憑著財富成功將地方上許多青年豔羨的一朵鮮花據為己有，娶為第三姨太，可是齊人之福對他而言並非真的福氣，三姨太最終趁他生病時，帶著他的錢財與情人逃跑了。

〈都市的攻擊〉則以國家獨立後的都市化狀況對馬來人的影響為題材。「一向知足常樂的馬來農家子弟，受到政治性的感召，經濟上的吸引力，紛紛湧入都市來。」[29]這些人的成就因其性格而各有分別：比如主角拉查利，積極上進，所以受公司重用，成功在城市成家立業；而其弟末諾，生性懶散，故只能做做散工，不工作時則四處遊蕩或惹是生非。不論成就如何，他們都難逃同樣的一個陷阱：在資本主義都市中迷失本性。末諾迷戀都市中產階級的生活，以致入不敷出，常向兄長求援。即使是事業有成的拉查利，亦欠債累累，還因買了

27 梁園，〈鳥語花香〉，《蕉風》第一〇七期（一九六一年九月），頁一一。
28 〈編者的話〉，《蕉風》第一二三期（一九六三年一月），封面內頁。
29 梁園，〈都市的攻擊〉，《蕉風》第一九四期（一九六八年十二月），頁一九。

股票而無法清償一筆到期的債務。小說中沒出場的三哥哈林也因填不滿欲望而終致貪污、破產。甚至拉查利的債主哈志道勿也因充闊佬而須問人借債。物質的誘惑、奢華的生活方式、對於快樂的迷思，都是都市的「攻擊」。小說於是借社會學家賽那吉博士之口，勸告那些淪為金錢奴隸的人：「我們馬來人要富強，就要『武裝』自己。」[30]

〈縣長下鄉記〉以華文報記者老梁為敘述者，講述馬來縣長下鄉視察的故事。記者目睹縣長及其祕書翻箱倒櫃，卻遍尋不獲所需文件。縣長在忙亂之中感嘆猛迪加之後自己的責任重了，須「不停的用腦」，[31]不如殖民地時代，做個公務員，只需照指示做事，悠閒自在。記者坐上官車陪同縣長到甘榜視察，深感如今官民之間不再有白人時代那種顯著的民族、階級之分。獨立誠然可喜，然而卻並非一夕之間可使萬象更新的神話。緊接著，他們看到通往甘榜之路年久失修，路上樹苗為茅草所遮蓋，這些顯然都是疏於管理所致。當縣長將此詢於村長，村長無言以對，只能禮數周到地邀訪者到他家裡吃飯。縣長從無營養的飯菜確知村長的窘迫境況，再次勸告他自力更生，至少可以割了樹苗去換錢。此時隨行的國會議員、州議員等人即刻岔開話題，勸縣長多吃一些。飽飯之後，在烈日當空的戶外視察，每個人都有了懶洋洋的感覺。於是，「縣長下鄉記」，在幾個演講、本區人民代表代表村民要求政府下放更多除草劑等物資之後，宣告結束。小說後記注明本文人名地名皆屬杜撰，刻意製造一種「此地無銀」的效果。小說借記者作為近距離旁觀整個事件的局外人的角度，使其敘述產生一定的客觀性，巧妙地諷刺了「猛迪加」雖然為本地人爭取得當家做主的主權，然而卻沒法改變主導族群的惰性。當官者的權力欲與官僚作風是真正的「獨立」的絆腳石，而政府部門的辦事效率亦亟待提升。

華巫關係一直是馬華文化人關注的課題。梁園在《蕉風》發表的第一篇小說〈阿敏娜〉（第九十五期），就曾借華人男子「我」所面對的本族文化與異族／異性誘惑的矛盾，表達了那個時代人們普遍的顧慮。類似的課題在他一九六八年的四篇小說中，有更進一步的處理。這四篇按其發表先後，為〈太陽照在吡叻河上〉（第一八四期）、〈月亮在我們腳下〉（第一八六期）、〈新一代〉（第一八八期）及〈星光悄然〉（第一九〇期），雖以短篇小說的形式發表，但其中角色相同，故事發展亦可銜接。這四篇小說若放置寫實框架中理解，無疑顯得過於概念化與戲劇性；然而若從象徵層面解讀，則其中有限的角色卻足可表徵新興國家人民的幾種精神面向。

小說中最先出場的是兩位馬來青年才俊：筆名馬哈拉查力拉的作家兼思想家朱基弗里，及筆名基拉（瘋子）的文學士賽莫哈默。前者是一位民族主義者，其筆名就直接取自被認為是馬來民族主義英雄的 Maharaja Lela。而後者——由農奴的後代翻身而成的布爾喬亞，則是殖民現代性的既得利益者，被前者認為是「殖民地主義的辯護律師」。兩人的會面即為辯論

30 梁園，〈都市的攻擊〉，頁二二一。

31 梁園，〈縣長下鄉記〉，《蕉風》第一七九期（一九六七年九月），頁七九。

馬來亞歷史上第一任英國參政司「別治」（J.W.W. Birch）該殺不該殺的問題。前者立場鮮明，認為「別治」既不尊重馬來習俗與王室，Maharaja Lela殺之無罪。後者旁徵博引，卻閃爍其辭，言不及義（因此才取其筆名為「瘋子」？）。他在後來的故事發展中以國會議席候選人的姿態出現，其華巫親善的主張可能有幾分真誠，但也有可能只是他撈取政治資本的考量，就像他不贊同多妻制可是又想左擁右抱一樣，都缺乏堅定而誠摯的立場。這兩者分別代表兩種不同傾向的馬來人：一種是偏激，以本族為本位的民族主義者；一種是作風模仿英國紳士，但其原則卻偶爾讓人懷疑的現代政客。

二者之外，小說還有另一種馬來人——不被傳統教條束縛，勇於追求新理想者，以女詩人亞尼斯為代表。她有感於國家獨立、社會繁榮後婦女的遭遇沒有獲得相應的改善，大膽摒棄馬來文壇主流的現實主義路線，用心理描寫的方式創作詩歌〈一個馬來少女的命運〉，以為婦女鳴不平。上述兩個馬來青年才俊都曾對這朵甘榜之花展開過追求，她對他們的回絕顯示彼二人所代表的思想傾向皆不符合新興國民的理想面貌。相較之下，她更鍾情於租借他們家田地耕種的、踏實勤奮的華人青年亞忠。她認為人是平等的，她不要求亞忠為她改信回教，她自己也不會為亞忠而叛教。她反覆引用的比喻：「這條小河一定要流向更廣更闊的吡叻河」，一方面暗示人性相同，不應以宗教、種族等因素為之定位；另一方面則不無對未來新國族形成之前瞻性寓意。

亞忠與馬來女子相愛，雖然也備受是否因此就等於「入番」、「忘本」的自我拷問，然而他象徵建國後努力實踐真正的文化融合的新一代青年，不僅沒有「把靈魂跟魔鬼簽合同」，[32]而且很快地從彷徨中走出來，重尋夢想。在星光悄然的美好氛圍中，這對情侶互給對方取本族名字，女的叫祝英台，男的叫蘇萊曼，並玩笑說自己就是馬來人／華人了。小說似乎有意指出，名字，與種族一樣，只是人的身分的一種無意義的標籤，與人的本質或品格根本無關。使名字與種族具有區別分類的作用的，是習慣，風俗和傳統這些世俗的律法規範——這是民族主義者朱基弗里堅持亞忠必須入教才能娶亞尼斯的理論依據。在〈星光悄然〉一文中，幾番在亞忠與亞尼斯約會時照射過來、致使他們不得不驟然分散的電筒光，莫不是這種世俗干擾的隱喻，與發射自自然界的「星光」大異其趣。

背棄世俗禮法的亞尼斯與亞忠最終私奔到一處無人的大芭之邊。他們深愛對方，但並不因而喪失自己的個性，反而為彼此的不同而感到驕傲，覺得這可能可以給他們「產生新的一代」。亞尼斯如此期許她所孕育的「新一代」：

> 我們的孩子將來什麼也不是，他們是他們。他自己選擇宗教、信仰和語言。我們誰也不灌輸他什麼東西，由他長大決定他自己。他要信回教或者說華語，他自己去選擇好了！也許他什麼都要，也許他什麼也不要，他可能是個怪物。[33]

32 梁園，〈新一代〉，《蕉風》第一八八期（一九六八年六月），頁一六。

為了更徹底不讓孩子一出世就被決定為「什麼」，他們甚至決定不為他註冊報生紙——一種世俗身分之登記。然而，亞尼斯生產時聘來幫忙的助產婆很快就將這一對異族男女在一起的消息傳開，代表文明律法的警長和宗教司也很快就過河來搜捕。小說敘述兩人神奇地躲過了搜捕，待眾人去後出來時，男的老是說馬來話，女的老是說華語，最後設問：如果孩子會說話，他說的將是什麼話？結局顯得輕巧草率，但梁園對未來烏托邦式的願景卻不難窺見：沒有威權介入，各族自然融合，新的民族在此情況下將自然誕生。

四

張寒與梁園在《蕉風》的活躍期，正好是《蕉風》隱掉「馬來亞化」，到重新確認「馬來西亞化」的時期，也是《蕉風》在「純文學」的新旗幟下，逐漸蓄勢形成「現代派大本營」的時期。

張寒是這個時期馬華現代主義小說最積極的實驗者。他對現代主義敘事技巧進行多番嘗試，其一九六七年以後的一些小說尤其有意以內心獨白、意識流、平行敘述等手法來表現本土題材，使「反映社會」的題材呈現一種新鮮的面貌。他的小說在語言方面亦展現同代作家少有的嫻熟與活力，除了能以純正的中文敘述之外，他更創造了貼近角色生活的方言、土語、行話、粗口。他在《蕉風》的種種實驗，某種意義上讓六〇年代成為本土生長的青年作家在藝術上的「試煉時代」。此外，他對人類無意識精神領域的醉心挖掘，從非理性、非自覺的心理層面窺探「人的常情」，[34]一定程度上揭示了為新寫實主義所壓抑的那個時代年輕人的欲望波動。

梁園在題材與形式上的嘗試與摸索也是多樣的，但是他對現代主義卻並非全無保留。儘管他對馬華傳統寫實及新寫實都極不認同，但是《蕉風》「港台化」的經驗卻也讓他意識到，「港台現代主義之風湧進來，人們思想上有一陣子忙亂，距離描寫本地現實特徵的道路是更遠了。」[35]他將大量刊載港台作品的現象視為馬華文學發展過程中「以賓壓主」的狀態；而為當時馬來西亞各個方面「生機勃勃的建國工作」所鼓舞，他表示馬華作家也「要在新國土上開放我們新的花朵」。為此，他提出文學應有「民族主義和地方主義的色彩」。[36]我們檢驗梁園本身的小說創作，可以發現他筆下的吾土吾民，已不再像《蕉風》創刊初期作

33 梁園，〈新一代〉，頁一八。

34 第二〇〇期《蕉風》所刊魯愚〈風格乎？〉一文，批評張寒小說〈四萬度的近視〉有太多淫邪猥褻之言，使其諷刺變成了黃色。張寒其後回應說，該小說語言實可適當表達人物的生理與心理年齡，他所寫的是「人的常情」，而非「人的畸情」。見〈法官清堂的遺憾——答魯愚先生〉，《蕉風》第二〇一期（一九六九年七月），頁六。

35 梁園，〈致馬覺先生〉，《蕉風》第一七八期（一九六七年八月），頁三一。

36 梁園，〈馬華文學的重要性〉，《蕉風》第一八一期（一九六七年十一月），頁四六—四七。

者筆下一般，往往被當成客觀對象，抑或陌生他者來理解，而是體現了在建國年代成長的第一代本土作家對「民族主義」的重新思考與詮釋。這多少亦使六〇年代中期《蕉風》的重新馬來西亞化另添一層意義：「馬來西亞化」不再只是寫作內容的問題，它更是寫作主體身分建構的問題。

從以上討論可知，張寒與梁園無論在關懷重點抑或寫作風格上，其實大異其趣。要說他們有什麼共同點的話，那只能是他們在小說寫作上有意無意地顯示了與「傳統」的割裂。這也正是現代主義文學的特點之一。然而，「傳統」在此處的意思並不指向古典，抑或中國新文學的龐大傳統。因為即便在被視為帶有「現代主義宣言」意味的〈新詩的再革命〉一文中，「新」詩尚且被認為是從舊詩「橫的移植」而來，是現代馬華詩人從「傳統文學得來的遺產」，更強調的是馬華新詩對漢字與漢文化精神，甚至是五四自由詩的繼承關係，而非斷裂。[37]而梁園對母語寫作之必要性與正當性的堅持，[38]及張寒的純正中文與行文間顯見的古典文學影響，亦在在說明這點。在彼時馬華文學的脈絡中，「現代派」所欲與之斷裂的傳統，實際上是狹義的。那就是方修所謂的「馬華文學的現實主義傳統」，強調政治功利性的「馬華文學的主流」。[39]對推動現代文學用力甚多的《蕉風》主編黃崖，其實非常清楚他所帶動與提攜這些本土青年作家風格路向之各異，然而他同時也看到一個現象：在新現實主義的槍口下，他們經常被對焦為來自「腐敗陣營」、「形式主義」、「頹廢」、「世紀末」的青年集體。[40]或者用左翼刊物《浪花》更為常用、更具概括性的詞：「現代派」。[41]由此說來，

「現代文學」固然是一九六〇年代《蕉風》作者懷抱各異的美學追求，然而被歸類為「現代派」，卻大抵是政治倫理定義的結果，是冷戰年代文化心態下的產物。

本文宣讀於「二〇一六年文學、傳播與影響：《蕉風》與馬華現代主義文學思潮國際學術研討會」，拉曼大學中華研究中心、留台聯總聯合主辦，二〇一六年八月二十至二十一日；獲刊於《華文文學》二〇二一年第一期。

37 詳淩冷（白垚），〈新詩的再革命〉，《蕉風》第七十八期（一九五九年四月），頁一九。

38 梁園在〈馬華文學的重要性〉一文中指出，馬華作家應效仿美國文學先驅者，在新的國土上創造自己獨特的文學藝術，「只要用的仍是華文就足夠了」，見頁四七。而在〈語文和文學〉中，他反對本地文化必須以馬來語文為基礎的說法，認為各族作家以母語創作其實更能豐富馬來西亞文化的遺產。見《蕉風》第一九一期（一九六八年九月），頁七。

39 〈馬華文學的主流——現實主義的發展〉，是方修的一篇演講稿，與他一九七〇年代初的其他一些文章同收錄於一書，書名即是《馬華文學的現實主義傳統》（新加坡：洪爐文化企業公司，一九七六）。

40 可見黃崖分別以葉逢生和陸星之名發表的〈覺醒的一代〉，《學生周報》第四一九期，頁四；及〈為現代文學申辯〉，《蕉風》第一二七期（一九六三年五月），頁三。

41 可見《浪花》第十四、十五、十六期的文章，如唐菁〈論「現代派」的使命〉（頁一二—一三）；奇思〈對現代主義一些謬論的批判〉（頁一八—一九）；柳中湜〈我們的文藝道路〉（頁二—五）。

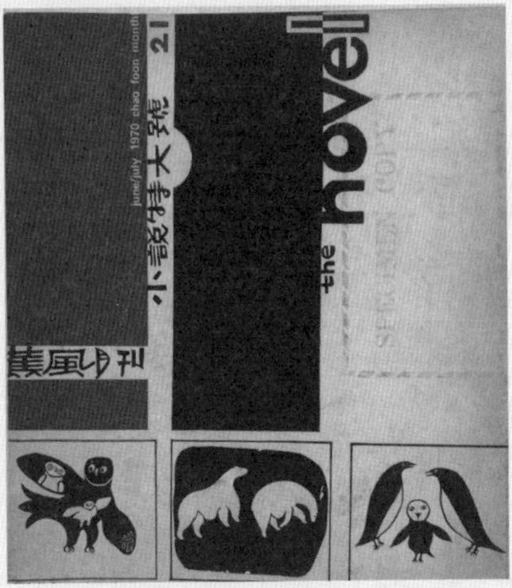

蕉風吹到大山腳

一九七〇年代小說敘事

一

文學雜誌《蕉風》與大山腳淵源深遠。早在馬來亞建國之前，創刊之初的《蕉風》及其姊妹刊物《學生周報》已在全馬多處設立通訊部，大山腳即為其中一個支部。[1]那是一九五〇年代中期，當時還在念中學的菊凡，已成為通訊員之一；他不僅參與《學生周報》所辦各類文藝活動，還在校內售賣《蕉風》與《學生周報》。在那左右壁壘分明的冷戰年代，代理上述二刊勢必招致許多誤解與責難；儘管如此，在菊凡多年後的回憶中，當時「還是有許多喜歡文藝的同學們定期購買學報與蕉風」。[2]

一九六二年，「海天社」在大山腳的臨近城鎮居林成立。其背後主要的推手，是時任《蕉風》主編、頗為熱衷於文學結社活動的黃崖。[3]海天社的出現，體現並刺激了一地的「文藝熱潮」（借冰谷語），其繁華熱鬧，可能在一九六四年左右小說家梁園開辦海天書局之後更達其極。除原有的《海天月刊》（後改為不定期的《海天雜誌》）之外，海天書局還出版「海天詩叢」、「海天叢書」，及借《光華日報》版面出刊〈海天副刊〉。[4]對於一些愛好文藝的青年學生——比如當時在居林覺民中學念書的小黑而言，海天書局毋寧更是一個實在而可感的文學場域，它開設在他與同學每天必然行經的要塞，如同對著他們撒開一張文學之網；而他自己也確曾在其中買到讓他「喜不自勝」的文藝刊物。[5]實際上，在業務上慘澹經營的海天書局，曾經是威省、吉打一代作家最重要的樞紐。[6]不少重要的大山腳作家——不論是或不是海天社員——都曾在海天活動：憂草散文集《大樹魂》（一九六五）、蕭艾與憂草合著詩集《五月的星光下》（一九六五）、王葛《雨天的詩》（一九六六）、遊牧小說集《那

1 當時通訊部設於半島九個城鎮，分別是麻坡、馬六甲、芙蓉、吉隆坡、文冬、怡保、江沙、太平、檳城。支部則是借用通訊員地址設立的。見白垚，《縷雲前書》上冊（八打靈再也：有人出版社，二〇一六），頁二一三—二一四。

2 詳閱菊凡，〈對「蕉風」的回憶和建議〉，《蕉風》第三七七期（一九八四年十月），頁一六。菊凡在這篇文章中對《蕉風》八〇年代初期的低迷銷量無比感慨，並建議蕉風在各地設立聯絡站，以聯絡當地中學校長與教師，好讓《蕉風》得以在校內售賣。一九九八年我主編《蕉風》時，菊凡亦曾來信表示「希望像以前那樣代理蕉風」（詳〈蕉風信箱〉，《蕉風》第四八三期（一九九八年四月），頁八八）。《蕉風》與大山腳之「淵源深遠」，此亦一證。

3 黃崖曾促成本地多個青年文社與相關刊物的誕生。在他推動下，與「海天」同一時期成立的姊妹文社，還包括中馬的「荒原」，和南馬的「新潮」。詳閱林春美，〈黃崖〉，收入何啟良主編，《馬來西亞華人人物志》第二卷（八打靈再也：拉曼大學中華研究中心，二〇一四），頁五三四—五三七。

4 詳閱冰谷，〈作者野餐會激起的文藝熱潮——海天社在居林的日子〉，《星洲日報．文藝春秋》，二〇〇七年十二月九日。

5 小黑，〈一條街的作家〉，《星洲日報．星洲周報》，二〇〇四年一月二十五日。

6 北藍羚在一九七〇年的一篇散文〈拜一到禮拜〉裡提過：「當慧適、慧樺、綠穗、丘梅他們還沒有離開，每個星期天，我們幾乎都在居林碰頭。我們在樹蔭下茗茶，談文藝，談讀書，談抱負。」見《蕉風》第二〇八期（一九七〇年三月），頁二九；而冰谷多年後的回憶散文〈作者野餐會激起的文藝熱潮——海天社在居林的日子〉也提到，海天「是社員文友聚集的重地」。

些過去的》（一九六六）、艾文的第一本詩集《路・趕路》（一九六七），皆由海天出版；而宋子衡則曾編輯過〈海天副刊〉。

一九七〇年，隨梁園之南下謀生，海天書局關門大吉。因海天社結束而產生的空缺，不意竟成棕櫚社創立的契機。一九七一年，在蕉風舉辦的一項文學活動上，欲成立出版社以出版同仁著作的念頭，促成了棕櫚出版社的誕生。[7]棕櫚社最初的成員多居於大山腳，可能基於方便多數之故，聚會也多在大山腳進行。因此縱無會所，然一群文人因結社而經常聚首，繼而形成凝聚臨近同道的磁場，倒讓大山腳顯得文風薈萃起來。[8]「文學重鎮」，由是從居林轉向了大山腳。[9]

上述文學重心的轉移，很巧合的，竟也在《蕉風》之上有所體現。一九六九年八月，《蕉風》革新改版，自二〇二期起出現嶄新的編輯團隊，刊物從其開本以至內容都與此前大不相同，進入了張錦忠所謂的「第二波現代主義文學運動」時期。[10]可能由於刊物風格轉向所致，亦可能與其中人事抑或作者本身生活變遷相關，六〇年代活躍於《蕉風》的一批以海天為軸心的作者迅速隱去。其中，多產的梁園告別他在《蕉風》的小說豐收歲月，至他幾年後去世為止，竟只在改革後的《蕉風》發表過幾篇雜感短文而已；已赴台留學的陳慧樺除了一首詩，就只能找到零星的幾篇譯作與評論；而慧適與憂草則幾乎不再有作品刊載於此。不為改版所影響而持續以《蕉風》為耕地的，似乎只剩詩人艾文（北藍羚）。另外還有沙河。與此同時，卻有另一些新進的名字迅速冒起：宋子衡第二〇一期（一九六九年七月）首次在

《蕉風》發表小說，這篇敘述手法非常傳統的小說與此後一、兩年間他在革新後的《蕉風》上甚為密集發表的作品風格相去甚遠；[11]陳政欣在第二〇四期（一九六九年十月）以筆名綠浪登場；菊凡與小黑則同在第二〇六期（一九六九年十二月）開始出現。間中除了個別幾個欠收的年分，他們在《蕉風》刊載的創作可謂橫亙整個七〇年代。這些作家，本文姑且將之籠統稱為大山腳作家。然而必須指出的是，「大山腳」在此非指一有清晰明確地理界線的地方，而是作為一個文化軸心，因此可涵蓋臨近一帶的作家，比如生長於巴東色海、當時尚未

7 棕櫚出版社的緣起，可見菊凡，〈文學重鎮的雲煙：兼述棕櫚社、文風社的興衰〉，《南洋商報・商餘》，二〇一四年七月三十日；溫祥英，〈我與大山腳作家的緣分〉，《星洲日報・星雲》，二〇一八年一月三十日。

8 棕櫚社連地址也是借用冰谷工作的吉打某膠園，社員與文友們甚至也沒有固定的聚會地點。宋子衡的紙紮店與其對面的咖啡店，菊凡、小黑、方昂等人的居所，都曾是這一帶文人聚會的地方。見菊凡，〈文學重鎮的雲煙：兼述棕櫚社、文風社的興衰〉；冰谷，〈那人卻在燈火闌珊處：宋子衡與棕櫚社的文學因緣〉，《星洲日報・星雲》，二〇一八年二月三日。

9 以大山腳為「文學重鎮」的說法，常見於一些北馬作家的文章。較晚近的，可見菊凡，〈文學重鎮的雲煙：兼述棕櫚社、文風社的興衰〉；及《星洲日報・星雲》「我與大山腳的文學因緣」系列中的文章，比如溫祥英，〈我與大山腳作家的緣分〉；蘇清強，〈大山腳下文風盛〉，二〇一八年二月二日；冰谷，〈那人卻在燈火闌珊處——宋子衡和棕櫚社的文學因緣〉；葉蕾，〈我與大山腳的文學因緣〉，二〇一八年三月二十三日。

10 張錦忠，〈在冷戰的年代：馬華文學雙中心複系統〉，《馬來西亞華語語系文學》（八打靈再也：有人出版社，二〇一一），頁五二—六四。

11 宋子衡其實早在一九六三年已在《蕉風》出現過。不過從那時至一九六九之間，僅只發表過兩篇短文。

遷居大山腳的小黑。

以地方作為座標而各具特色的文學軸心之浮現，是一九七〇年代的《蕉風》值得關注的一個現象。在南方，五月出版社的作者如牧羚奴、南子、蓁蓁、流川、謝清等人湧現於新加坡；在中部，天狼星諸子如溫任平、溫瑞安、方娥真、黃昏星、藍啟元、何啟良等人崛起於金寶；在北方，則大山腳的作者群可形成與之鼎足之勢。（此外當然也有其他個別的重要作者，如黃潤岳、梅淑貞、李蒼、沙禽、左手人、溫祥英、劉放等。）五月與天狼星諸人擅長多種文體，而主力在詩；大山腳的新進作者雖也有從事詩、散文、評論的創作，然主力卻在小說。

二

一九七〇年代的大山腳小說敘事若說有個色澤，那必定是昏暗的、陰鬱的。體現在菊凡的小說題目上，那是「暮色中」。[12]體現在小黑的小說題目上，那是「黑」。此二單篇之題較後不約而同被選作這兩個作者第一本小說集的書名，竟彷彿更被凸顯成了七〇年代的「本色」。宋子衡小說也多是「永遠在黑夜中走路」的人；[13]而在陳政欣的小說中，無論是「那人，無法開窗……」，還是最後的窗打開了，結果都是一樣，「黑，還是一樣的黑，無邊無際的黑。」[14]

主觀感受上的昏暗與陰鬱，在最常見的情況中，與經濟的窘困相關。小黑介於散文與小說之間的〈除夕〉一文，寫的就是這種情形。除夕之夜，父親給紅包時說：「今年的紅包最大個。」隨著陸續有人來到家裡向父親討債而被兒子以不同藉口打發之後，父親的話，則不僅是反語，而且還盡顯自嘲之意。紅包大的只是袋子，「裡面是會響的角子」，說「錢重」，[15]不如說「沉重」更為恰當。已長大成人的兒子沒有勇氣打開它，因為那將無異於揭示父親的難堪。與〈除夕〉同期刊登的〈月亮〉，在形式上頗為「破碎」：極短而甚至不完整的句子與段落、用黑點分割開來的許多瑣細的情節／畫面、無序跳換的敘述觀點、中間另夾三則用便箋原貌呈現的內容。這篇缺乏故事的小說，主角是一個酗酒、精神似乎失常的冰淇淋小販，結尾時我們知道人們叫他「阿冷伯」，他最後失蹤了，可能是死了，而死法在傳聞中又各有不同。小說中意思比較完整而明確的，是上述三則便箋。它們分別是一則地租收據、一則門牌與廁所稅的催稅通知，和一則列有書目與價錢的「家書」——寫信與收信的兄妹雙方，可以推測是阿冷伯的子女。主角所面對的經濟困境至此迂回浮現。然而他究竟是因

12 這篇小說發表於第二七三期（一九七五年十一月）《蕉風》時，原題〈暮色中的母親〉。後收錄於菊凡一九七八年出版的小說集，改為〈暮色中〉。

13 宋子衡，〈生命線上的岔點〉，《蕉風》第二〇九期（一九七〇年四月），頁四八。

14 陳政欣，〈那人，無法開窗……窗開了〉，《蕉風》第三〇八期（一九七八年十月），頁六七。

15 小黑，〈除夕〉，《蕉風》第二一八期（一九七一年二月），頁二三。

酗酒而導致困頓，抑或是因困頓而導致酗酒？我們不得而知。可以推想的是，他看似失常的精神狀態，與此二者的相互作用、相互循環，應不無關係。

貧困是個巨大而堅固的牢籠。疏懶怠惰，對於解釋人之所以被困於貧困，可能是過於簡單的理由或邏輯。因為我們從七〇年代的小說敘事中也可以看到許多費盡心力、甚至拚了性命，也衝不破牢籠的不幸的人。這種人在宋子衡的小說中比比皆是。〈出口〉中華仔的父親是泥水工人，「一年到頭只有一個『拚』字」，[16]誰知正當壯年卻從工地摔下，臥床一年後，死了。父親為擺脫困境的拚搏精神讓華仔引以為榮，他拒絕被母親後來的那個鑲有金牙的男人所豢養（當然其中也有自尊受損、妒忌等因素），十六歲就離家出外謀生，原本也想效仿傳說中那些白手起家的百萬富翁一樣，靠自己的力量與本事闖出一條路，可是或許就如他的同事所說：「時代不同啦！」那已不是競爭稀少、賺錢容易的「舊時」了。[17]華仔本身或有些好高騖遠，然確也曾經驗「真的是拚過了」的幾年時光。[18]然而一再遭遇挫折，再加上被診斷罹患絕症，導致他最後決定豁出去，鋌而走險，要在死亡來臨之前，為困境尋求一個出口。不料最終奔向的，不是出口，而是絕路。〈壓軸那場戲〉中的亞格同樣命運多舛，她遭人強暴成孕，復被逐出家門。性格強悍的她發誓要靠自己活下去，於是女扮男裝到工地工作，混跡男人群中以賺取與男人一樣的薪水。多年不曾被同事工友識破女兒身，足見其堅忍與努力。但堅忍努力改變不了窮愁，加上貧中又有病來磨（不僅自己多病，兒子也體弱），所以「拚一輩子也是這個模樣」。[19]愛看戲的她曾說：「戲，到底還是苦的好。」[20]

在現實中，她帶病開工，最後死於工地的「壓軸那場戲」，可能正是戲台上王寶釧寒窯苦守的結局對她的無情調侃——戲是苦的好，因為在戲裡，苦盡有甘來。而現實人生的悲苦到底不易發生戲劇化的轉捩，就如〈蛋〉裡的父子倆，父親以為自己卅年的辛勞血汗可以在兒子的成功裡得到補償，可是兒子卻拒絕公開接受父親，他不願被父親卑微的形象拖回到他好不容易才逐漸擺脫的等級的屈辱感中。雖然小說結尾處，在父親帶來的一籃雞蛋破碎而兒子不自禁地喊一聲「爹」的那一剎那，作者似乎暗示「真正產生意義的〔事情〕」會在那之後發生，[21]然而兒子在社會掙扎的經驗卻也早已總結出一些道理：「幾個人能從卑賤中升躍位置，那種爭取幾乎是亡命的。」[22]這個想法在另一篇小說〈玻璃〉中更具體體現出來。作為小說主要意象的玻璃，雖然透明光亮，卻是無法穿透、無法逾越的障礙。櫥窗內射出的燈光使主角陳清和「沒辦法看到自己的影子」，更是隱喻玻璃對於貧與富兩個不同世界的絕對區

16 宋子衡，〈出口〉，《蕉風》第三〇二期（一九七八年四月），頁七三。
17 宋子衡，〈出口〉，頁七九。
18 宋子衡，〈出口〉，頁七七。
19 宋子衡，〈壓軸那場戲〉，《蕉風》第三一七期（一九七九年八月），頁五七。
20 宋子衡，〈壓軸那場戲〉，頁五八。
21 宋子衡，〈蛋〉，《蕉風》第二七〇期（一九七五年八月），頁七九。
22 宋子衡，〈蛋〉，頁七六。

隔。玻璃櫥窗內的奢侈品對陳清和而言，總是可見而不可觸，更不可得。那是「標榜生活距離的展示」。[23]陳清和以為只要讀書上進，就能改變生活，就能縮短那距離，於是非常努力打工，以圖賺取可供自己升學的學費。為爭著賣出一份報紙，他以跳高的本領奮力跨越矮牆，不料卻撞上一堵透明的銅牆鐵壁——實踐他之前所說的「以整個生命去支取」、「拚死命衝過去」。[24]被衝破的玻璃最後讓他以生命付出代價，而他卻始終都無法「升躍」進入玻璃窗內的世界。在宋子衡看來，貧困，或許是無法超越的。

貧窮又兼多子，則是菊凡七〇年代小說頗為關注的課題。《暮色中》就有三篇相關題材的小說，其中刊於《蕉風》的〈女人〉和〈玩具火車與木葉蝶〉都寫得甚為深沉。兩篇小說中的貧賤夫妻都有幾個共同點：妻子頻頻生育（前者四個女兒，後者三個兒子），她因妊娠（或拒絕妊娠）而不適，卻沒錢雇請幫傭來照看幾個歲數相差不多的稚齡孩子。〈玩具火車與木葉蝶〉中的丈夫因為家中幾張嗷嗷待哺的小嘴，所以下班後還必須到夜總會兼職吹喇叭，整整幾個小時「喇叭是一直插在嘴巴不放下來的」，以致「口唇早生了兩個繭」。[25]加之妻子害喜臥床，所以他的休息日、一般社交、個人興趣，統統必須讓路給小孩與家務。在焦頭爛額之中，曾經讓他願意付出時間與心力追捕的又大又美的木葉蝶——妻子，或婚姻的隱喻——如今看來，竟只是一片不堪入目的枯蓮。類似的多子婚姻的苦處在〈女人〉中換了從妻子的角度敘述，而又多了一層不同的思考。在結尾處，當一心只顧傳宗接代的丈夫走近前來，妻子「緊閉著眼睛，看到一團血紅，又一團深邃無底的黑暗，她被夾在傲横的狹縫中，辛苦地喘著」。其情狀正正呼應之前一個細節：被夾在沖涼房與牆壁的夾縫間、任她怎樣也挖不出的「一枚貶了值的銀幣」。[26]男性沙文主義，在此無疑將這個婚姻中的「女人」從困境推向更其狹而深的困境：狹縫。

〈暮色中〉的困境則因社會的工業化轉向而生。故事裡種菜為生、相依為命的母女倆，在一片無主空地上耕種已八、九年。政府原計畫在其上興建廉價屋，但多年未曾動工，後來竟被批作建設棉織品工廠之用。母女倆在菜園裡收割了她們最後的一點收成，此後生計茫然未可知。「天黑下來了。我和母親正走在彎彎曲曲的小徑上。」天色、路徑，都暗示了彼等前路之艱辛。[27]

小黑〈謀之外〉的故事也發生於社會經濟結構變遷的時刻，主角福安住在一個小山鎮，而「都市的發展就像一粒吹漲了的皮球，慢慢的擴展到他們的山腳下。工廠天天似小兒的熱痱般冒出。」[28]其妻淑娟到山下工廠工作，半年之內屢屢高升，載送她的也從工廠巴士變成

23 宋子衡，〈玻璃〉，《蕉風》第二七五期（一九七六年一月），頁七七。
24 宋子衡，〈玻璃〉，頁七七、七八。
25 菊凡，〈玩具火車與木葉蝶〉，《蕉風》第二四四期（一九七三年六月），頁三〇。
26 菊凡，〈女人〉，《暮色中》（吉打：棕櫚，一九七八），頁六八。原刊於《蕉風》第二三一期（一九七二年五月），收錄書中時結尾已做修訂。本文擇其優者論之。
27 菊凡，〈暮色中的母親〉，《蕉風》第二七三期（一九七五年十一月），頁七二。

豪華房車。她事業得意，卻與福安之間越來越生疏了。為了不錯失往上爬的機會，她不想懷孕，因而也拒絕福安的求歡。豪車裡接送淑娟的那個西裝筆挺、瀟灑而曖昧的男人，在此不僅僅是惹來山鎮眾口猜疑、使得福安惶惶不安的工廠經理，他同時也是都市化、工業化、資本主義化的象徵。他的「入侵」帶來的不僅是經濟上的改變，還包括了對山鎮裡平靜幸福世界的惘惘的威脅。

因現代化導致的困境，是七〇年代陳政欣小說的重要命題。他的第一篇短篇小說〈公孫倆〉即借傳統、現代兩個不同時空的爺孫兩代人的故事來說明這個問題。祖父在二十世紀初年從中國南下馬來亞謀生，即使在「到碼頭搶米搶糖」、「吃番薯過日子」的艱難處境中也對生活充滿信心。[29]七十年後，同樣是南下謀生，孫子到了現代城市新加坡。現代化的社會條件讓他獲得一切祖父所無的優勢，然而他並未因此而過得更安穩自在，反而卻陷入迷惘失落之中。在現代人的生活裡，時間既是一種匱乏，亦是一種剩餘。兩者都同樣令人無所適從。每天公式化的上班生活，使他感覺「時間並不屬於他」，[30]似乎流露一種時間被剝奪的憤慨，但馬上又以人多如此的想法來安慰／麻木自己，以打消自己對生活的不滿。主角半年沒有回家顯示了他的忙碌，可是另一方面，他的時間卻又多餘得不知如何去打發。星期六下班後，為了不想把自己「囚」在租來的房子裡，他於是躲進咖啡座、電影院。戲散場後，他不急於離開，因為怕遇到熟人，怕讓人感覺他是形影孤獨的可憐人。現代都市人這種既孤獨、又害怕孤獨的心理在陳政欣幾年後的另一篇小說〈剩下的一日〉裡表現得更為細膩。這篇小說同樣把時間集中在一個在異地新加坡工作的年輕人星期六工餘的下午。主角下班後刻意逗留在廁所與餐廳，拖延離開的時間，以避免在巴士站碰到同事，因為別人的無論好意或憐憫，都是他所無法忍受的。因為不想過早回去宿舍，他去了這星期已經去了第三次的超市，然後和〈公孫倆〉的孫子一樣，也去了咖啡座和電影院。他認為：「人不該是沒有去處的。」[31]然而，從他不論在哪個地方都只為消耗時間、都無法自在的情況看來，人在現代空間裡其實是無處可去的。即使他鄉遇故人，彼此交換訊息，但短暫交會後轉身即把一切忘光。人在都市的人流中成了徹底孤獨的存在。因此〈公孫倆〉的孫子害怕看到鏡中的自己，「有時他會有奇怪的衝動，想把鏡子狠狠地敲在桌角尖，或者大聲嘶喊」，[32]他想砸碎的其實是鏡子所反射的孤獨的真實。他想借大聲嘶喊來發洩或抗議，但那似乎是不可能的，因為理性是現代的表徵，理性思維自會抵制現代人種種奇怪的衝動，復將之壓抑成更絕對的孤寂。

類似的思考在陳政欣的微型小說中亦有寓言式的表現。〈那人，無法開窗……窗開了〉特別強調蘇醒者的現代身分：「醒了，醒於盲黑。是現代人，那人急著摸索他的眼鏡。」經

---

28 小黑，〈謀之外〉，《蕉風》第三〇一期（一九七八年三月），頁八七。
29 綠浪，〈公孫倆〉，《蕉風》第二六七期（一九七五年五月），頁五九。
30 綠浪，〈公孫倆〉，頁五八。
31 陳政欣，〈剩下的一日〉，《蕉風》第三二四期（一九八〇年三月），頁五一。
32 綠浪，〈公孫倆〉，頁五八。

過民主啟蒙的現代人對人權有所認知，因此提出對「光」的要求。其要求得到回應，於是光亮起來，是「一盞現代的原子燈」。[33]原子燈並未帶來解放，它只是讓現代人更清楚看見自己的處境：斗室，無門，惟窗一扇。而窗是緊閉的。在別無出口（或出口形同虛設）的「人製的光」中，「等時間老去，等自己老去」，[34]就是現代人的命運了。而當一切老去、窗自動開啟時，窗外流進來的也非其他色彩，而是何其熟悉的、無邊無際的黑。在現代情境中，民主體制表面上似乎給予人們人權的保障、選擇的自由，然而實際情形卻不然。比如在另一篇小說〈殺人電視機〉中，電視台主持人突然跨入觀眾的空間，跟正在觀看節目的主角直接對話，我們從中得知主角的所有個人資料皆在主持人的掌控之中；而且他只要按一下某個按鈕，就可直取主角性命。但主持人還是選擇談判之道，勸說主角以本身性命為代價，換取其子中彩票頭獎的機會，他說：「不錯，我們隨時就能拿你的性命，但我們生長在這個平等自由的國家，每個人都有他基本的人權，在沒有得到你的允許之前，我們不會要你的命。即使要了你的命，我們也得給你某種補償，是不？我們尊重所有人類的人權，我們是文明的人。」[35]現代權力機制雖然標榜自身的文明屬性，卻野蠻地認為一切東西都可以金錢進行等價交易，對人本身的意向缺乏根本的尊重。

上述困境林林總總，卻總也有因可尋。可是在宋子衡的一些小說裡，災難的降臨，有時卻是充滿偶然性的。比如在〈強姦〉和〈熔岩〉裡，男主角們對故事中的女性本不存覬覦之心，他們本來是甚為安分的，甚至還可說是正人君子。〈強姦〉的男教師教學多年，對女學生「從就沒產生過點滴的邪念」，[36]〈熔岩〉的小叔子對寡嫂原本亦不見有任何不倫之念想。這兩名男子在小說敘述中不見得有狂野旺盛的力比多，其陷於法律／道德的困境純粹是出於偶然的因素。女學生那天暴露的衣著固是誘因（我們當然可以說那是要犯錯的男人最方便的藉口，但女學生的內心獨白卻透露她確有自獻之意），但更糟的是，女學生的家人不知何故離開首先為罪案的發生製造了契機，再加上女學生「無端端地」走進房間——男女雙方對此舉的相同修辭，顯示彼此其實都明瞭這無意識的行動所包含的誘引之意——這些不可預知的因素，才是他之掉入「陷阱」的可怕的原因。〈熔岩〉的男子則是在其兄的百日祭上，因見嫂嫂痛哭撲倒而上前扶持，從父母弟妹的眼神中敏感地解讀出他們揣度自己與嫂嫂之間關係的曖昧之意。「就是因為他們的懷疑而使我和嫂嫂之間的感情產生了一種神祕感，就好像一樣不可觸的東西就越想去觸它」，[37]家人何其幽微而偶然的眼神，竟成了開啟他日後欲與罪的痛苦掙扎的最大原因。

---

33 陳政欣，〈那人，無法開窗……窗開了〉，頁六六。
34 陳政欣，〈那人，無法開窗……窗開了〉，頁六六。
35 陳政欣，〈殺人電視機〉，《蕉風》第二九八期（一九七七年十二月），頁六七。
36 宋子衡，〈強姦〉，《蕉風》第二二一期（一九七一年六月），頁一二。
37 宋子衡，〈熔岩〉，《蕉風》第二二二期（一九七一年七月），頁四三。

三

菊凡曾在一篇訪問中表示，他七〇年代的小說「所著重表現的，是在國家新經濟政策下的新政治環境所產生的市井小人物，他們的精神上的問題、生活狀況、心理上的感受」。[38]此語大抵亦可用以概述本文所論其他三位作家的情況。儘管時代符碼並不顯見於這些著作之中，可是彼等小說的敘述語言、人物心理等等，皆大體折射了七〇年代的社會氛圍。

菊凡小說〈叛〉結局的更易因此是值得注意的。此篇以當時並不罕見的異族戀情為題材，也跟幾乎所有當時的故事一樣，這段異族情緣不獲任何祝福。在經受家族與社會的責備、奚落、譏諷之後，作者讓這對情人最後彼此「膠貼著」，無畏地迎向不友善的人潮。「他很自在，她也是的。」[39]——這是刊於《蕉風》小說特大號上的、一九七〇年版的結局。大概也是菊凡同時期小說最光明的結局。到了〈叛〉一九七八年收錄於《暮色中》時，上述句子已被改成：「他擁著她，不顧一切。她咬住牙，緊抿著唇。」[40]也許菊凡自己也覺得，困境之中，咬牙抿唇，已是與現實最勇敢、最奮力的搏鬥了。「自在」，恐怕只是浪漫而不實的想望罷了。結尾的修訂，因此輾轉透露了作者對現實的感受與認知的修訂。

從一個後世讀者的角度來看，菊凡當時小說更觸動人心的，實際上是其小說人物普遍體現出來的孤立無援、無力而無奈等或可稱之為「消極」的感受。前述〈玩具火車與木葉蝶〉頗能說明這點。在這篇以男主角的意識為中心的小說中，拖著三個車廂、在形成圓周的軌道上爬動的玩具火車，是有著三個孩子、拖著家累的他的自我隱喻。他曾幻想著把車廂拆下，讓火車自由亂走、越過草原、飛向天空。但火車終究只能「可憐地一圈一圈重複地繞著圈，發出極微弱的摩擦聲音」，[41]一如擺脫不了家累的他，只能一再重複地走在枯燥的生活軌道上。火車何時才能停下？「電池走完了便停，不用說。」[42]對他而言，如此無意義的生活唯有等到生命耗盡方才可能停止；在那之前，他是逃避無門的——就像他可以在腦海中做逃到天外或深山的想像，但一訴諸行動，他卻是一腳踏入現實的門內，腳下踢中的，正是令他煩惱的玩具火車。值得注意的是，這個男人並非天生軟弱無能。他曾為了自主婚姻而表現了對迷信的父母、對「神諭」的反抗之志。然而，不知如何方能中止的生活磨難消磨了他原有的勇氣，在人的主觀意志無法全然掌握生活的情況下，他開始希冀神的恩典，儘管那恩典可能顯得如此卑微不堪：「天主，你給我中馬票，使太太不作嘔，讓我清閒點過活，使孩子們都乖乖，那麼，我就信仰你，我就要成為你的信徒。」[43]他的內心獨白，夾雜祈求、埋怨、疑

38 李宗舜，〈以愛心灌溉文學花朵：菊凡訪問記〉，《蕉風》第三六〇期（一九八三年五月），頁三。
39 菊凡，〈叛〉，《蕉風》第二一一期（一九七〇年六月、七月），頁九。
40 菊凡，〈叛〉，《暮色中》，頁七五。原文首尾有關於異族通婚的辯論插敘，在修訂本中也刪除掉了。從小說的表現方法言之，那兩段插敘是蛇足，刪之為明智；從其實際意義言之，辯論於現實的助益也是值得懷疑的。
41 菊凡，〈玩具火車與木葉蝶〉，頁二四。
42 菊凡，〈玩具火車與木葉蝶〉，頁二八。

惑等等感受，以及他人的說話，在小說尾聲響起，語義上互不關聯的句子交錯出現，體現了主角混亂、昏眩的意識狀態，及深深的頹喪與無助。

儘管祈望神恩，但男主角對著教堂高高尖頂發出的一聲冷笑到底還是透露出他未徹底妥協的訊息。而這種對神的懷疑，到了兩年後的〈誹謗上帝的人〉裡，卻變成了對神的畏懼。小說男主角也是為生活所累的人，為了星期日工作可得兩份工資，所以一周七天，不曾休息。如此的生活讓他對「神」充滿了怨言：「上帝這傢伙如果存在，就應該被抓來打屁股！因為他太不公平，讓我們的老闆越來越富，而我們卻做牛做馬。」[44]過後卻又對他的牢騷是否得罪了神而將招致處罰而惴惴不安、徹夜難眠，只有在妻子安慰他說寬宏大量的上帝不降罪予不知者後，他才如釋重負。他意識中隱然存在的對階級對立的現實控訴，於是在神無上權威的震懾下，被輕輕抹去。人對生活的無助與無力，於此可見一斑。

這種無力感的生成或有其源自作者本身經驗的現實依據。甚具自敘傳色彩的〈霓虹燈的熄滅〉，就展示了一個青年的朝氣與理想如何在令人一籌莫展的環境中走向幻滅。與作者同名的主角游亞皋對教育事業懷抱崇高敬意，認為與其當一名不負責任的教師，那他「寧願餓死」，「寧願去踏三輪車寧願去賣囉呀寧願去倒大便」。[45]那一群被認為無可救藥的學生沒讓他喪失鬥志，可是從校長以至老師那一眾「大家只是混飯吃罷了」的教職員的態度，[46]卻讓他處處碰壁，壯志難酬。晶瑩發亮的霓虹燈原象徵他的志向，最後現實環境卻讓這些亮麗的光芒不得不在缺乏電流供應的情況中熄滅了。

遊亞皋的無奈因敗壞的行政與體制所致，而小黑〈誤〉裡的另一名教師尤興仁，則因學生紀律與家教的問題而陷入孤獨的、「似乎就是個將溺斃的人那般絕望」的夢境。[47]尤興仁處罰抽菸學生的偏激的手段引起家長的不滿，次日竟帶著鳥槍來校興師問罪，最後在見不到尤興仁的情況下，朝學校匾額放了兩槍以洩憤，竟把「雙正中學」打成了「雙止中學」。被打掉一劃的「正」字，看來像呲牙裂嘴而笑的口，嘲笑著教師對無望現實的無言以對。

作於同年的〈困〉，則以晦澀而詭異的方式書寫人對於無可填補的困境的無可奈何之感。主角吳森住的房子地上有個破洞，此洞用水沖灌幾小時也不見滿溢，可謂深不可測。吳森的母親一日因伸手進去撿拾一個不小心掉進去的五角錢，割破了手，不意就這樣死掉了。母親臨終前囑咐他要填平那洞。他找了泥水工來填洞，但工人說那是無底深淵，不可填。他不得已只得自己動手，買了許多沙和石灰，花了兩天時間才把洞填平。不料當天夜裡，一聲轟隆巨響，日間填平的洞竟陷成「足可容納一個人」的大洞。[48]這個魔幻的「洞」，可說

43　菊凡，〈玩具火車與木葉蝶〉，頁三〇。
44　菊凡，〈誹謗上帝的人〉，《蕉風》第二七一期（一九七五年九月），頁七六。
45　菊凡，〈霓虹燈的熄滅〉，《蕉風》第二〇八期（一九七〇年三月），頁六二。
46　菊凡，〈霓虹燈的熄滅〉，頁六六。
47　小黑，〈誤〉，《蕉風》第三〇五期（一九七八年七月），頁二一。
48　小黑，〈困〉，《蕉風》第二九九期（一九七八年一月），頁三九。

是吳森的「困」的象徵。母親割破手後，吳森凝視地洞良久，沒來由地竟想起生意失敗的父親。他覺得他父親就像那些從洞裡偷偷跑出來覓食的蟑螂與蟾蜍一般，總是活得那麼自卑無助。母親之死固然與要撿拾一個「五角錢」有關，但吳森的困境卻不是經濟層面上的，畢竟他是保險裹理，過的是令朋友羨慕的悠閒生活。然而父親店裡「打都打不完的蒼蠅」所構成的巨大絕望，[49]以及父親最後因周轉不靈而投井自殺的下場，卻形成籠罩著吳森的陰影。雖然他搬離了家，並且過著跟困頓的父親完全不同的生活，可是，他「一直努力的擺脫父親的影子」就正正說明了「父親的影子」是難以擺脫的。[50]困境並非人力可以擺脫，一如地洞並非沙石可以填平。

也許因為深深感知人在面對命運嘲弄時除自卑無助之外亦別無他法，小黑早期許多小說都隱約流露一種生命的虛無感。這可見之於〈一個單身漢和鎖〉與〈墓〉。無獨有偶，這兩篇小說的男主角都是性無能者。雄風不振，或許是小黑筆下（男）人之無能為力的精神狀態的最極致的表徵。前一篇的單身漢看似憤世嫉俗的青年，他厭惡社會制度，反對婚姻，覺得人生已經夠無奈，若還要繁衍後代則更是麻煩。他對啃完的蘋果的感覺或可幫助我們對他的理解：「蘋果已經啃完。只剩一截快要變成黃銅色的核心。五個小孔，五顆種子。那個樣子就像一個終年不刷牙的老頭子，突然張開嘴給你看，噁心死了。本來是多麼可愛的綠油油的一個蘋果，啃完了竟然有這麼醜陋。」[51]蘋果的核心，隱喻生命的本質，裸裎相向，竟是噁心與醜陋的，難怪乎他要對繁殖充滿排斥了。後一篇的男主角不斷讓自己的情感處於延宕狀態，一直逃避面對生命中真實時刻的到來。他是母親偏愛的兒子，但是在接到母親病逝的電報後，卻假裝沒一回事般繼續和朋友聊天，推延奔喪；他在已故母親臉上撫摸又撫摸，顯然是深愛母親的，但不僅一滴眼淚也沒流，而且還有違正常人情地跑去賭博湊熱鬧，推延悲傷；最後，連給母親立墓，他一拖就拖了三年，而且覺得以後「還有一二十個三年好等的」。[52]一切既然總是在延宕之中，「現在」就必然變得虛無、不具實質了。

在以現代化為現代人最大困境的陳政欣小說裡，「現在」作為一個時間點，也是「空白」的。〈公孫倆〉的主角「漫無目的在這熱鬧的街上走著。每一步他的皮鞋踏下去，他肯定地感到，又有一部分時間被踩進永恆裡。這份時間是空白的，沒有意義的，他唯有把它踩進永恆去，他才能向未來的時間跨進一步。」[53]雖然只有走過現在，才有可能邁向未來；然而主角之所思讓我們不禁要問，當未來終有一日變成現在的時候，是否也注定了將被他漫無目的的腳步「踩進永恆去」——那對他而言幾乎與「空白」並無二致的「永恆」？

對陳政欣的現代人來說，「過去」可能才是最具救贖意義的時間。〈鬧鐘〉裡那個魔幻

49 小黑，〈困〉，頁三八。
50 小黑，〈困〉，頁三八。
51 小黑，〈一個單身漢和鎖〉，《蕉風》第二四二期（一九七三年四月），頁二八。
52 小黑，〈墓〉，《蕉風》第二四四期（一九七三年六月），頁四二。
53 綠浪，〈公孫倆〉，頁五七。

的鬧鐘，分秒倒退。人若看見了，就會陷入向前與向後的時間這兩種力量的拉扯之中，他的身體會隨自然時間不斷老化，然而來自鬧鐘的時間卻會扯著他回返年輕狀態，人最終將在這種拉扯中疼痛、死去。現在的時間在這裡是了無價值的，是身體髮膚「枯萎老去」的過程，或更消極的，如〈公孫倆〉裡，是作為註銷（「踩進永恆去」）的對象而存在。相對之下，鬧鐘的那個可把髮鬚都拉回未長之狀，「把你的皮膚磨得平滑年青」的不斷回返過去的時間，[54]就顯得生氣勃發、令人嚮往。然而悲哀的是，已過的時間終究不可回返。執意回到那再也回不去的時態，不僅將陷人於被「拉扯」之痛苦，而且也將是對現在的意義的一種持續否定，或者勾銷。現在在不斷被否定之下，最終變成了空無，一如陳政欣另一篇寓言小說裡來自虛無、去向虛無的「無人先生」眼下所及的一切：「呵，哪裡有城市，哪裡有人跡，哪裡有聲音，哪裡有顏色！沒有，什麼都沒有，只有一片空無，沒有顏色的空無。」[55]

宋子衡的小說雖然沒像陳政欣的一般對存在的困境做寓言式的思考，但流動於其中的虛無感恐怕有過之而無不及。以「無」作為對「有」的取消，在宋子衡小說中是常見的。比如〈死流〉中劫後餘生的「他」，有強烈的求「生」意識，在海嘯中曾以最果敢的行動對抗死亡，卻又消極地覺得「活下去對他已完全沒有什麼意義」。[56]儘管自覺生與死對他幾乎已無所異，但他還是一路隨人群「逃亡」，至不覺有希望的他方。同樣籠罩在死亡和命運陰影裡的〈客串〉，寫的是一名患遺傳性腎病的男子對自己遭遇的哀嘆。此文刊出同期的編後話裡，編者引述宋子衡來信，約略有說明創作此篇的心情之意：「我固執於人的真實情況，我不能欺騙自己，也不能欺騙別人，我總覺得人應該在最悲慘的遭遇中拾取那僅存的一點——實存。」[57]可是在小說中，人的「實存」是什麼？主角在病中曾覺得「要用種種實在的感覺來襯托本身的實存，以求使自己相信，能承認自己仍然完好」。[58]政府高級官員的優越地位、洋房豪車、幸福家庭，這些種種，自然都是他所擁有的「實在的感覺」，也是他「實存」的表徵。然而隨著劇情（病情）的發展，這些「實在」、「實存」之物隨即湮滅在作者對悲慘的命運判決的敘述裡，主角最後認為，「在人生這部戲劇裡頭，他只是以客串身分去演一個永遠被奚落的悲憫角色」。[59]在自己的人生裡扮演「客串」的角色，究竟是人的實存呢，還是無存？又或者，在宋子衡的小說裡，其實根本就沒有什麼是實存的呢？比如在〈樂天廬夜宴〉中，涂樂天在向賓客炫耀他畢生辛苦累積的財富時，突然之間就毫無緣由地否定了一切的存在價值。在象徵著他的輝煌成就的山頂豪宅裡，涂樂天覺得自己不是擁有，而是失去了什麼。而他覺得所失去的，「他穿藍布衣的時代，那種揮霍著生命活力的情景，才是

54 陳政欣，〈鬧鐘〉，《蕉風》第二六九期（一九七五年七月），頁四三。
55 陳政欣，〈無人先生〉，《蕉風》第二七一期（一九七五年九月），頁八〇。
56 宋子衡，〈死流〉，《蕉風》第二三六期（一九七一年十一月），頁一六。
57 編輯室，〈風訊〉，《蕉風》第二六六期（一九七五年四月），頁八二。
58 宋子衡，〈客串〉，《蕉風》第二六六期（一九七五年四月），頁五八。
59 宋子衡，〈客串〉，頁六〇。

最具生命存在意義的時刻」。人一生努力的成果，在足堪檢驗的那一刻，竟被宣判為是虛無的。反之，人的一無所有，卻矛盾地彌足珍貴起來。人物思想的轉折或顯刻意，卻展現了宋子衡小說中無所不在的虛無感。然而這種虛無是否也存在一定的虛幻性呢？

宋子衡在七〇年代創作了一系列對人的「位置」進行探索的小說，[60]其中多是一些覺得自己「不曾真正活過」的人。然而，矛盾的是，從宋子衡對他們的故事的講述中，我們卻可發現，這些人其實並不缺乏「真正活一次」的機會。以宋子衡一再強調的關鍵字「位置」為題的小說，[61]或許最適於用以說明此點。〈位置〉中的木偶藝人吉寧覺得自己過去三十年來對木偶投入的心血，像賦予了木偶生命，導致不是他牽制木偶，而是栩栩如生的木偶牽制了他，以致他「永遠沒法子擠入人的位置去」。[62]後來，女兒離家出走所牽引出的戲班的危機，不意卻激發他要真正活一次的決心。他決定要在女兒缺席的情況下把戲唱得更出色，他要讓人看到他的存在。在決定性的那場演出中，一陣緊鑼密鼓之後，木偶出場，神奇的事情發生了，「他發覺不是他在牽動著木偶，而是木偶在把持著他」。他手中扭出的美妙姿勢讓他覺得這「是他一生以來生命所趨入的最頂點」，而他由此「清楚地看到自己已站在人的位置裡」。[63]閱讀至此，我們不禁要問：這真的是宋子衡小說中的人找到自己的「位置」的成功例子嗎？假設緊接著以上情節之後吉寧沒有口吐鮮血，假設他很出色地演完了那一場木偶戲，可是，時移事往之後，他會不會又懊悔這個讓他感覺領他進入生命頂點的木偶，其實，跟較早時牽制著他的木偶沒有兩樣，也是在「把持著他」的？因為在小說敘事中，類似的矛盾其實存在非常相似的歷史情境。——吉寧年輕時因被妻子美妙嗓音吸引而自願入贅戲班，日後成功被栽培為出色的藝人，並接替丈人接管了戲班。這段往事雖說不知是否包含了他當時所想像的「安穩快樂的一生」的內容，但至少也是一段你情我願、成家立業的美好故事。但在吉寧事隔三十年之後的回望中，這段生命的價值完全被抹除，變成「一頁空白」，以致他覺得「他根本就沒真正的活過」。[64]由此，我們不得不懷疑：究竟是人物的困境滋長了虛無之感，抑或是宋子衡對生命的虛無體認，才是時時將其小說人物推入常是龐大、偶或無由的困境去的呢？

四

一九七〇年代的大山腳小說敘事，其實並不等同於「大山腳敘事」。比如小黑的「一個

60 宋子衡自言他從一九七二至一九七九這幾年間的小說都在探求「人」的位置。見《冷場》（八打靈再也：蕉風，一九八七），序（無頁碼）。
61 詳閱張瑞星提問，宋子衡筆答的〈尋求人的位置〉，《蕉風》第三二〇期（一九七九年十一月），頁一〇〇—一〇三。
62 宋子衡，〈位置〉，《蕉風》第二六七期（一九七五年五月），頁二七。
63 宋子衡，〈位置〉，頁三二—三三。
64 宋子衡，〈位置〉，頁二七。

單身漢」，遊蕩於首都吉隆坡；陳政欣則在新加坡度過他「剩下的一日」；菊凡和宋子衡雖在大山腳，但其取材自社會新聞的撞死玻璃下賣報童的悲劇、獨行大盜陳華仔的故事等，則發生在檳城。這些大山腳小說家並非一定在大山腳說故事，而且所說的也未必都是大山腳的故事。唯其如此，他們的小說才更具一種概括性——那是一九七〇年代的故事。這些故事有的顯得朦朧晦澀，有的則耽溺於陰暗的心理、混亂的意識之中。這一方面固然體現大山腳小說家對於現代主義文學思潮與技巧的熱情擁抱，另一方面卻也折射了一個年代的集體心靈氛圍，在某個程度上建構了那個年代馬華文學的某個重要的面向。

本文宣讀於「大山腳文學國際學術研討會」，大山腳日新中學主辦，二〇一八年三月十至十一日；後收入陳政欣、陳奇傑主編，《大山腳文學國際學術研討會論文集》（二〇一八）。

參考引用書目

Burger, Peter. "Literary Institution and Modernization, " *Poetics* 12 (1983): 419-433.

Cheah, Boon Kheng. "Envisioning the Nation at the Time of Independence." In *Rethinking Ethnicity and Nation-Building: Malaysia, Sri Lanka & Fiji in Comparative Perspective*, edited by Abdul Rahman Embong, 40-56. Kuala Lumpur: Malaysian Social Science Association, 2007.

Fischlin, Daniel, and Fortier, Mark. General Introduction to *Adaptations of Shakespeare: A Critical Anthology of Plays from the Seventeenth Century to the Present*, 1-22. Edited by Daniel Fischlin and Mark Fortier. London: Routledge, 2000.

Gudmundsdóttir, Gunnthórunn. *Borderlines: Autobiography and Fiction in Postmodern Life Writing.* New York: Rodopi, 2003.

Heng, Pek Koon. "Chinese Responses to Malay Hegemony in Peninsular Malaysia 1957-96." *Southeast Asian Studies* 34, no. 3 (Dec 1996): 500-523.

Hohendahl, Peter Uwe. *Building a National Literature: The Case of Germany, 1830-1870*. Translated by Renate Baron Francisconо. Ithaca & London: Cornell University Press, 1989.

Kamaruzzaman Abd. Kadir. *Nasionalisme dalam Puisi Melayu Moden 1933-1957*. Kuala Lumpur: Dewan Bahasa dan Pustaka, & Kementerian Pelajaran Malaysia, 1982.

Kong, Joey S.R. "Winning Hearts and Minds: U.S. Psychological Warfare Operations in Singapore, 1955-1961." *Diplomatic History* 32, no.5 (2008): 899-930.

Lombardo, Johannes R. "A Mission of Espionage, Intelligence and Psychological Operations: The American Consulate in Hong Kong, 1949-1964." *Intelligence and National Security* 14, no.4 (1999): 64-81.

Mak, Lau Fong. "Intellectual Activist, Playwright, Poet." In 白垚，《縷雲前書》下冊（八打靈再也：有人出版社，二〇一六），頁二一七。

Parmer, J. Norman. "Constitutional Change in Malaya's Plural Society." *Far Eastern Survey* 26, no. 10 (Oct 1957): 145-152.

Rich, Adrienne. "When We Dead Awaken: Writing as Re-Vision," *College English* 34, no. 1 (Oct 1972): 18-30.

Said, Edward. "Reflections on Exile." In *Reflections on Exile and Other Essays*, 173-186. Cambridge, Massachusetts: Harvard University Press, 2000.

Sanders, Julie. *Adaptation and Appropriation.* London: Routledge, 2006.

Sejarah Melayu: The Malay Annals. Translated by John Leyden. Kuala Lumpur: Silverfish Books, 2012.

Shamsul, A.B. "Reconnecting 'The Nation' and 'The State'." In *Rethinking Ethnicity and Nation-Building: Malaysia, Sri Lanka & Fiji in Comparative Perspective*, edited by Abdul Rahman Embong, 204-215. Kuala Lumpur: Malaysian Social Science Association, 2007.

Weintraub, Karl J. "Autobiography and Historical Consciousness." In *Autobiography: Critical Concepts in Literary and Cultural Studies*, Vol. I, edited by Trev Lynn Broughton, 237-263. London & New York: Rouledge, 2007.

Wicks, Peter. "The New Realism: Malaysia since 13 May, 1969." *The Australian Quarterly* 43, no. 4 (Dec 1971): 17-27.

Wu, Ellen D. "'America's Chinese':Anti-Communism, Citizenship, and Cultural Diplomacy during the Cold War." *Pacific Historical Review* 77, no. 3 (Aug 2008): 391-422.

也斯，〈解讀一個神話？——試談中國學生周報〉，《讀書人》第二十六期（一九九七年四月），頁六四—七一。

小黑，〈除夕〉，《蕉風》第二一八期（一九七一年二月），頁二三—二四。
小黑，〈一個單身漢和鎖〉，《蕉風》第二四二期（一九七三年四月），頁二四—三〇。
小黑，〈墓〉，《蕉風》第二四四期（一九七三年六月），頁三九—四二。
小黑，〈困〉，《蕉風》第二九九期（一九七八年一月），頁三四—三九。
小黑，〈謀之外〉，《蕉風》第三〇一期（一九七八年三月），頁八四—八九。
小黑，〈誤〉，《蕉風》第三〇五期（一九七八年七月），頁二二—三〇。
小黑，〈一條街的作家〉，《星洲日報·星洲周報》，二〇〇四年一月二十五日。
山芭仔，〈太平湖之戀〉，《蕉風》第二十一期（一九五六年九月十日），頁九—一一。
文兵，〈一九六四年的馬華文壇〉，《蕉風》第一五一期（一九六五年五月），頁六八—七〇。
文兵，〈路迢迢．行徐徐——談十年來的馬華文壇〉，《蕉風》第一五七期（一九六五年十一月），頁一八—二一，六一。
方修編，《馬華新文學大系》理論批評一集（新加坡：星洲世界書局，一九七二）。
方修，《馬華文學的現實主義傳統》（新加坡：烘爐文化企業公司，一九七六）。
方修，《馬華新文學簡史》（吉隆玻：董總，一九八六）。
方修，《戰後馬華文學史初稿》（吉隆玻：董總，一九八七）。

方桂香，《新加坡華文現代主義文學運動研究——以新加坡南洋商報副刊〈文藝〉、〈文叢〉、〈咖啡座〉、〈窗〉和馬來西亞文學雜誌〈蕉風月刊〉為個案》（新加坡：創意圈工作室，二〇一〇）。

王梅香，《肅殺歲月的美麗／美力：戰後美援文化與五、六十年代反共文學、現代主義思潮發展之關係》，國立成功大學台灣文學研究所，碩士論文，二〇〇五。

王梅香，《隱蔽權力：美援文藝體制下的台港文學（一九五〇—一九六二）》，國立清華大學社會學研究所，博士論文，二〇一五。

王德威，《後遺民寫作》（台北：麥田，二〇〇七）。

丘淑玲，〈一九五零，六零年代新加坡華校學生運動的交替與延續——從「中學聯」到南大學生會〉，收入陳仁貴、陳國相、孔莉莎編，《情繫五一三：一九五〇年代新加坡華文中學學生運動與政治變革》（八打靈再也：策略資訊研究中心，二〇一一），頁八四—九五。

以多（趙戎），〈現階段的馬華文學運動〉，收入（編者不詳）《現階段的馬華文學運動》（新加坡：南洋大學創作社，一九五九），頁一—一七。

北藍羚，〈拜一到禮拜〉，《蕉風》第二〇八期（一九七〇年三月），頁二五—二九。

申青，〈無字天碑〉，《蕉風》第五十九期（一九五八年四月），頁一二—一四。

申青，〈憶本刊首屆編委〉，《蕉風》第四八三期（一九九八年四月），頁八四—八六。

白垚，〈不能變鳳凰的鴕鳥——現代詩閒話（之一）〉，《蕉風》第一三七期（一九六四年三月），頁一二。

白垚，〈當車的螳臂——現代詩閒話（之二）〉，《蕉風》第一三八期（一九六四年四月），頁一二—一三。

白垚，〈蚊雷並不兆雨——現代詩閒話（之三）〉，《蕉風》第一三九期（一九六四年五月），頁一二—一三。

白垚，〈藏拙不如出醜——現代詩閒話（之四）〉，《蕉風》第一四〇期（一九六四年六月），頁一二—一三。

白垚，〈多角的鑽石——現代詩閒話（之五）〉，《蕉風》第一四一期（一九六四年七月），頁一三。

白垚，《縷雲起於綠草》（八打靈再也：大夢書房，二〇〇七）。

白垚，《縷雲前書》上、下冊（八打靈再也：有人出版社，二〇一六）。

白萍，〈不要做鴕鳥〉，《蕉風》第一二八期（一九六三年六月），頁四。

伍燕翎、潘碧絲、陳湘琳，〈從《蕉風》（一九五五—一九五九）詩人群體看馬華文學的現代性進程〉，《外國文學研究》第三十二卷第二期（二〇一〇），頁五〇—五七。

冰谷，〈作者野餐會激起的文藝熱潮——海天社在居林的日子〉，《星洲日報・文藝春秋》，二〇〇七年十二月九日。

冰谷，〈那人卻在燈火闌珊處：宋子衡與棕櫚社的文學因緣〉，《星洲日報・星雲》，二〇一八年二月三日。

安東尼・史密斯（Anthony Smith），《民族主義：理論，意識形態，歷史》。葉江譯（上海：上海人民出版社，二〇〇六）。

朱自存，《獨立前西馬華人政治演變》，收入林水檺、何啟良、何國忠、賴觀福主編，《馬來西亞華人史新編》第二冊（吉隆玻：馬來西亞中華大會堂總會，一九九八）。

衣虹，〈新興文學的意義〉，收入方修編，《馬華新文學大系》理論批評一集（新加坡：星洲世界書局，一九七二），頁一〇三—一〇五。

吳海涼，〈末代學友的末代情〉，《星洲日報・星雲》，二〇一八年七月三十日。

宋子衡，〈生命線上的岔點〉，《蕉風》第二〇九期（一九七〇年四月），頁四四—五一。

宋子衡，〈強姦〉，《蕉風》第二二一期（一九七一年六月），頁一〇—一五。

宋子衡，〈熔岩〉，《蕉風》第二二二期（一九七一年七月），頁四二—四七。

宋子衡，〈死流〉，《蕉風》第二二六期（一九七一年十一月），頁一五—二二。

宋子衡，〈客串〉，《蕉風》第二六六期（一九七五年四月），頁五四—六〇。
宋子衡，〈位置〉，《蕉風》第二六七期（一九七五年五月），頁二四—三三。
宋子衡，〈蛋〉，《蕉風》第二七〇期（一九七五年八月），頁六九—七九。
宋子衡，〈玻璃〉，《蕉風》第二七五期（一九七六年一月），頁七一—七八。
宋子衡，〈出口〉，《蕉風》第三〇二期（一九七八年四月），頁七二—八一。
宋子衡，〈壓軸那場戲〉，《蕉風》第三一七期（一九七九年八月），頁四八—五九。
宋子衡，《冷場》（八打靈再也：蕉風，一九八七）。
宋丹，〈談藝術創作的馬來亞化問題〉，收入〔編者不詳〕《文化問題及其他》（新加坡：愛國出版社，一九五九），頁四三—四五。
宋辰，〈五十年代的學生文藝和文娛活動〉，收入鄭文波等編，《二十世紀五十年代學生運動史料彙編：紀念一九五七年「十一．十四」全國華校學潮五十周年》（〔出版地點不詳〕：全馬華文中學生捍衛華教運動五十周年工委會，二〇一〇），頁一六五—一七二。
李平，〈寫實的夢〉，《蕉風》第一八八期（一九六八年六月），頁五—六。
李有成，〈自傳與文學系統〉，《在理論的年代》，（台北：允晨，二〇〇六），頁二四—五三。
李有成，〈溫祥英小說的文學史意義〉，「二〇一六年文學、傳播與影響：《蕉風》與馬華現代主義文學思潮國際學術研討會」宣讀論文，拉曼大學中華研究中心、留台聯總聯合主辦，二〇一六年八月二十日至二十一日。

李宗舜，〈以愛心灌溉文學花朵：菊凡訪問記〉，《蕉風》第三六〇期（一九八三年五月），頁二—六。

李芸，〈《亞洲週刊》二〇一六年度十大華文小說　台灣三書入選〉，《中時電子報》網站，二〇一六年十二月三十日，http://www.chinatimes.com/cn/realtimenews/20161230005863-260405。

李亭，〈此時此地的文學〉，《蕉風》第二期（一九五五年十一月二十五日），頁三。

李亭，〈文學的現實性〉，《蕉風》第四期（一九五五年十二月二十五日），頁二。

李亭，〈封建主義的文學〉，《蕉風》第五期（一九五六年一月十日），頁二—三。

李想，〈寫實主義乎，政治工具乎？〉，《蕉風》第一三六期（一九六四年二月），頁一二—一三。

李樹枝，〈升起現代文藝的大纛：《蕉風》、余光中與馬華現代主義文學〉，「二〇一六年文學、傳播與影響：《蕉風》與馬華現代主義文學思潮國際學術研討會」宣讀論文，拉曼大學中華研究中心、留台聯總聯合主辦，二〇一六年八月二十日至二十一日。

李錦宗，《馬華文學縱談》（吉隆坡：雪隆潮州會館，一九九四）。

杜薩，〈新詩拉雜談——讀《新詩基本技巧》有感〉，《南方晚報》，一九六〇年五月三日。

辛生（方天），〈一個大問題〉，《蕉風》第十二期（一九五六年四月二十五日），頁三—七。

〈《亞洲週刊》二〇一六年十大小說揭曉〉，《福建新聞資訊網》，二〇一七年一月九日，http://www.fj153.com/world/16737.html。

岳心（徐東濱），〈回憶學生報的誕生〉，《中國學生周報》第四七〇期（一九六一年七月二十一日），頁二。

岳騫，〈談新詩〉，《蕉風》第九十六期（一九六〇年十月），頁二七。

忠揚，〈論愛國主義大眾文化底建設〉，收入〔編者不詳〕《文化問題及其他》（新加坡：愛國出版社，一九五九），頁四六—五八。

忠揚，〈正確處理民族團結的題材〉，《文學與人民》（新加坡：草原文化社，一九六二），頁五二—五六。

林以亮，〈新詩的前途〉，《蕉風》第九十四期（一九六〇年八月），頁二五。

林建國，〈文學現代主義作為方法：從《蕉風》中譯《尤里西斯》談起〉，「二〇一六年文學、傳播與影響：《蕉風》與馬華現代主義文學思潮國際學術研討會」宣讀論文，拉曼大學中華研究中心、留台聯總聯合主辦，二〇一六年八月二十日至二十一日。

林春美，〈我在蕉風休刊的最後日子〉，《蕉風》第四八八期（一九九九年二月），頁一。

林春美，〈黃崖〉，收入何啟良主編，《馬來西亞華人人物志》第二卷（八打靈再也：拉曼大學中華研究中心，二〇一四），頁五三四—五三七。

林音（黃崖），〈千頭萬緒話新詩〉，《蕉風》第九十四期（一九六〇年八月），頁二六—二七。

林風，〈百尺竿頭更進一步——給《蕉風》的建議〉，《蕉風》第一三八期（一九六四年四月），頁一三。

林起，〈五六十年代香港文壇的一面旗幟——徐東濱〉，《文學評論》第二期（二〇〇九年四月），頁一五四—一七二。

林間（白垚），〈不要以為我們怕〉，《學生周報》第四二八期（一九六四年九月三十日），頁六。

金千里，〈五〇—七〇年代香港的文化重鎮——憶「友聯研究所」〉，《文學研究》第七期（二〇〇七年九月），頁一六八—一七六。

奇思，〈對現代主義一些謬論的批判〉，《浪花》第十五期（一九六七年三月十日），頁一八—一九。

奇思，〈當前馬華文藝的鬥爭〉，《浪花》第十七期（一九六七年五月十日），頁四—五。

南中編著，〈馬華文藝雜誌編目（一九四六—一九六三）〉，收入南洋大學中國語文學會編，《馬華文藝的起源及其發展》（新加坡：獅島書報社，一九六四），頁八一—八四。

姚匡（姚拓），〈事實是最好的說明〉，《學生周報》第四一九期，第八版。
姚拓，〈七個世紀以後〉，《蕉風》第四十七期（一九五七年十月十日），頁八—一一。
姚拓，〈閒筆說《蕉風》〉，《蕉風》第四五八期（一九九四年二月），頁一—四。
姚拓、小黑、朵拉，〈四十二年來的《蕉風》〉，收入江洛輝主編，《馬華文學的新解讀：馬華文學國際學術研討會論文集》（八打靈再也：馬來西亞留台校友會聯合總會，一九九七），頁七六—八一。
姚拓，《雪泥鴻爪》（吉隆玻：紅蜻蜓出版社，二〇〇五）。
洪堪，〈馬華文壇與寫實主義〉，《蕉風》第一八九期（一九六八年七月），頁九—一〇。
紀燕，〈「馬華文學」：在激流中成長〉，收入陳仁貴、陳國相、孔莉莎編，《情繫五一三：一九五〇年代新加坡華文中學學生運動與政治變革》（八打靈再也：策略資訊研究中心，二〇一一），頁一九三—二〇三。
柳中湜，〈我們的文藝道路〉，《浪花》第十六期（一九六七年四月十日），頁二—五。
凌冷（白垚），〈新詩的再革命〉，《蕉風》第七十八期（一九五九年四月），頁一九。
凌冷（白垚），〈新詩的道路〉，《蕉風》第七十九期（一九五九年五月），頁四—七。
卿華，〈烏水港〉，《蕉風》第四十三期（一九五七年八月十日），頁六—九。

徐速，〈新詩派評議〉，《蕉風》第九十六期（一九六〇年十月），頁二二—二四。
海燕，〈由「沙漠的邊緣」說起〉，《蕉風》第九期（一九五六年三月十日），頁一〇。
海燕，〈馬來亞化與馬來化〉，《蕉風》第十八期（一九五六年七月二十五日），頁四—五。
馬放，〈從詩的本質看新詩〉，《蕉風》第九十四期（一九六〇年八月），頁二一—二二。
馬崙，《新馬華人作家群像》（新加坡：風雲出版社，一九八四）。
馬漢，〈申青——友聯的先鋒隊長〉，《南洋商報．商餘》，二〇一一年七月二日。
馬摩西，〈馬來亞化問題〉，《蕉風》第十八期（一九五六年七月二十五日），頁一—三。
高文，〈現實主義的陷阱〉，《蕉風》第一二三期（一九六三年一月），頁三—四。
高賓，〈我們有救了！〉，《蕉風》第一二八期（一九六三年六月），頁三。
唐菁，〈論「現代派」的使命〉，《浪花》第十四期（一九六七年二月十日），頁一二—一三。
崔貴強，《新馬華人國家認同的轉向（一九四五—一九五九）》（廈門：廈門大學出版社，一九八九）。
張永修，〈從文學雜誌的處境談末代蕉風〉，收入許文榮編，《回首八十載．走向新世紀》（士古來：南方學院，二〇〇一），頁四〇一—四一七。
張寒，〈死亡的約會〉，《蕉風》第一三五期（一九六四年一月），頁一四—一五。

張寒，〈精神病患者〉，《蕉風》第一四一期（一九六四年七月），頁一〇—一一。

張寒，〈秋千架上的愛情〉，《蕉風》第一七六期（一九六七年六月），頁四—一一。

張寒，〈是那欲望〉，《蕉風》第一七七期（一九六七年七月），頁四六—五五。

張寒，〈竹青鬼〉，《蕉風》第一七九期（一九六七年九月），頁四—一一。

張寒，〈耐不住寂寞〉，《蕉風》第一八二期（一九六七年十二月），頁四—一五。

張寒，〈判我死刑吧〉，《蕉風》第一八五期（一九六八年三月），頁四二—五〇。

張寒，〈翻種〉，《蕉風》第一八六期（一九六八年四月），頁一一—一九。

張寒，〈最後的勛章〉，《蕉風》第一八七期（一九六八年五月），頁四六—四九。

張寒，〈標本〉，《蕉風》第一九三期（一九六八年十一月），頁八—一五。

張寒，〈四萬度的近視〉，《蕉風》第一九六期（一九六九年二月），頁八—一四。

張寒，〈法官清堂的遺憾——答魯愚先生〉，《蕉風》第二〇一期（一九六九年七月），頁六—一七。

張意，〈文學場〉，收入趙一凡、張中載、李德恩主編，《西方文論關鍵字》第一卷（北京：外語教學與研究出版社，二〇一七），頁五七九—五九一。

張瑞星（張錦忠）提問，宋子衡筆答，〈尋求人的位置〉，《蕉風》第三二〇期（一九七九年十一月），頁一〇〇—一〇三。
張錦忠，《南洋論述：馬華文學與文化屬性》（台北：麥田，二〇〇三）。
張錦忠，〈二一七路十號，ENCORE〉，《蕉風》第五〇〇期（二〇〇九年二月），頁一三—一六。
張錦忠，〈亞洲現代主義的離散路徑：白垚與馬華文學的第一波現代主義風潮〉，收入郭蓮花、林春美編，《江湖、家國與中文文學》（沙登：博特拉大學現代語文暨傳播學院，二〇一〇），頁二一九—二三二。
張錦忠，《馬來西亞華語語系文學》（八打靈再也：有人出版社，二〇一一）。
張錦忠，〈小寫方天〉，《南洋商報．商餘》，二〇一五年八月三十一日。
張錦忠，〈再寫方天〉，《南洋商報．商餘》，二〇一五年九月十四日。
張錦忠，〈文學史料匱乏之窘境——以方天為例〉，《南洋商報．商餘》，二〇一五年九月二十八日。
梁園，〈阿敏娜〉，《蕉風》第九十五期（一九六〇年九月），頁三—四。
梁園，〈傳統〉，《蕉風》第一〇五期（一九六一年七月），頁五—六。
梁園，〈鳥語花香〉，《蕉風》第一〇七期（一九六一年九月），頁一〇—一一。

梁園，〈羊〉，《蕉風》第一一二期（一九六二年二月），頁五—六。
梁園，〈雷聲〉，《蕉風》第一二三期（一九六三年一月），頁一〇—一二。
梁園，〈瘋子〉，《蕉風》第一二七期（一九六三年五月），頁五—七。
梁園，〈驚覺〉，《蕉風》第一三七期（一九六四年三月），頁一九—二〇。
梁園，〈致馬覺先生〉，《蕉風》第一七八期（一九六七年八月），頁三一。
梁園，〈縣長下鄉記〉，《蕉風》第一七九期（一九六七年九月），頁七八—八一。
梁園，〈馬華文學的重要性〉，《蕉風》第一八一期（一九六七年十一月），頁四六—四七。
梁園，〈太陽照在吡叻河上〉，《蕉風》第一八四期（一九六八年二月），頁一九—二〇。
梁園，〈月亮在我們腳下〉，《蕉風》第一八六期（一九六八年四月），頁四七—五一。
梁園，〈新一代〉，《蕉風》第一八八期（一九六八年六月），頁一七—一九。
梁園，〈星光悄然〉，《蕉風》第一九〇期（一九六八年八月），頁九—一三。
梁園，〈語文和文學〉，《蕉風》第一九一期（一九六八年九月），頁七。
梁園，〈都市的攻擊〉，《蕉風》第一九四期（一九六八年十二月），頁一八—二二。
梁園，〈最後一根火柴〉，《蕉風》第二九七期（一九七七年十一月），頁五〇—五七。
梅淑貞，〈夢裡相思〉，《蕉風》第四八八期（一九九九年二月），頁八。

梅淑貞，〈情知此後來無計〉，白垚《縷雲前書》上冊（八打靈再也：有人出版社，二〇一六），頁二一一三。
莊重（黃崖），〈談「意識流」小說〉，《蕉風》第一〇四期（一九六一年六月），頁三一四，八。
莊重（黃崖），〈永恆的存在〉，《蕉風》第一二四期（一九六三年二月），頁三一四。
莊華興，〈語言、文體、精神基調：思考馬華文學〉，《思想》第二十八期（二〇一五年五月），頁一九九一二二〇。
莊華興，〈戰後馬華（民國）文學遺址：文學史再勘察〉，「跨域：馬華文學國際學術研討會」宣讀論文，廣州暨南大學、台灣國立暨南國際大學聯合主辦，二〇一五年五月二十二日至二十四日。後收入《台灣東南亞學刊》第十一卷第一期（二〇一六），頁七一三〇。
許友彬，〈蕉風六記〉，《蕉風》第四八八期（一九九九年二月），頁七。
許文榮，〈文學跨界與場域適應〉，「跨域：馬華文學國際學術研討會」宣讀論文，廣州暨南大學、台灣國立暨南國際大學聯合主辦，二〇一五年五月二十二日至二十四日。
許定銘，〈黃崖革新的《蕉風》〉。《香港文學》第三〇六期（二〇一〇年六月），頁八二一八三。
許定銘，〈兩冊老《蕉風》〉。《大公報》，二〇一五年八月二十六日。
許通元，〈《蕉風》這道謎題：從友聯與亞洲基金談起〉，「二〇一六年文學、傳播與影響：《蕉風》與馬華現代主義文學思潮國際學術研討會」宣讀論文，拉曼大學中華研究中心、留台聯總聯合主辦，二〇一六年八月二十日至二十一日。

郭馨蔚，〈台灣、馬華現代主義思潮的交流：以《蕉風》為例（一九五五—一九七七）〉，「二〇一六年文學、傳播與影響：《蕉風》與馬華現代主義文學思潮國際學術研討會」宣讀論文，拉曼大學中華研究中心、留台聯總聯合主辦，二〇一六年八月二十日至二十一日。

陳建忠〈「美新處」（USIS）與臺灣文學史重寫：以美援文藝體制下的臺、港雜誌出版為考察中心〉，《國文學報》第五十二期（二〇一二年十二月），頁二二一—二四二。

陳政欣，〈鬧鐘〉，《蕉風》第二六九期（一九七五年七月），頁四二—四三。

陳政欣，〈無人先生〉，《蕉風》第二七一期（一九七五年九月），頁七九—八〇。

陳政欣，〈殺人電視機〉，《蕉風》第二九八期（一九七七年十二月），頁六五—六七。

陳政欣，〈那人，無法開窗……窗開了〉，《蕉風》第三〇八期（一九七八年十月），頁六六—六七。

陳政欣，〈剩下的一日〉，《蕉風》第三三四期（一九八〇年三月），頁四七—五三。

陳昨非，〈獨立的文藝國〉，《蕉風》第一八八期（一九六八年六月），頁七—九。

陳劍虹，〈戰後大馬華人的政治發展〉，收入林水檺、駱靜山編，《馬來西亞華人史》（八打靈再也：馬來西亞留台同學會聯合總會，一九八四），頁九一—一三七。

陳應德，〈從馬華文壇第一首現代詩談起〉，收入江洺輝編，《馬華文學的新解讀》（八打靈再也：馬來西亞留台校友會聯合總會，一九九九），頁三四一—三五四。

陸星（黃崖），〈為現代文學申辯〉，《蕉風》第一二七期（一九六三年五月），頁三。

喚雲，〈近打河的潮聲〉，《蕉風》第二十五期（一九五六年十一月十日），頁一七。

寒行，〈三個人〉，《蕉風》第三十一期（一九五七年二月十日），頁二一。

程思遠，《政海秘辛》（哈爾濱：北方文藝出版社，一九九一）。

菊凡，〈霓虹燈的熄滅〉，《蕉風》第二〇八期（一九七〇年三月），頁六一—六六。

菊凡，〈叛〉，《蕉風》第二一一期（一九七〇年七月），頁四—九。

菊凡，〈女人〉，《蕉風》第二三一期（一九七二年五月），頁三九—四三。

菊凡，〈玩具火車與木葉蝶〉，《蕉風》第二四四期（一九七三年六月），頁二四—三〇。

菊凡，〈誹謗上帝的人〉，《蕉風》第二七一期（一九七五年九月），頁七五—七八。

菊凡，〈暮色中的母親〉，《蕉風》第二七三期（一九七五年十一月），頁七〇—七二。

菊凡，《暮色中》（吉打：棕櫚，一九七八）。

菊凡，〈對「蕉風」的回憶和建議〉，見《蕉風》第三七七期（一九八四年十月），頁一六。

菊凡，〈文學重鎮的雲煙：兼述棕櫚社、文風社的興衰〉，《南洋商報‧商餘》，二〇一四年七月三十日。

賀淑芳，〈現代主義的白堊紀：白垚的反叛，局限和未完待續〉，「二〇一六年文學、傳播與影響：《蕉風》與馬華現代主義文學思潮國際學術研討會」宣讀論文，拉曼大學中華研究中心、留台聯總聯合主辦，二〇一六年八月二十日至二十一日。

賀淑芳，《蕉風創刊初期（一九五五—一九五九）的文學觀遞變》，新加坡南洋理工大學，博士論文，二〇一七。

黃子程主訪，〈《周報》社長陳特漫談周報歷史〉，《博益》第十四期（一九八八年十月），頁一二五—一三二。

黃涓，〈《亞洲週刊》二〇一六年十大小說揭曉〉，《聯合早報》網站，二〇一七年一月九日，http://www.zaobao.com.sg/news/fukan/books/story20170109-711298。

黃崖，〈三株胡姬〉，《學生周報》第三九三期（一九六四年一月二十九日），頁三。

黃崖，〈墨竹與古松〉，《學生周報》第三九八期（一九六四年三月四日），頁三。

黃崖，〈加強東西馬文藝界聯繫——在山打根青年文藝協會的談話〉，《蕉風》第一九九期（一九六九年五月），頁七。

黃崖，《烈火》。再版（香港：高原出版社，一九七四）。

黃崖，《烈火續集》。再版（香港：高原出版社，一九七四）。
黃崖，〈漫談文藝創作〉，《星洲日報．文藝春秋》，一九八二年四月二十五－五月十四日。
黃堯高（梁園），〈一輛老爺車〉，《蕉風》第九十六期（一九六〇年十月），頁八－九。
黃堯高（梁園），〈現代馬來文學〉，《蕉風》第一〇二期（一九六一年四月），頁三－四。
黃琦旺，〈反叛文學誰在反叛：談戰後馬來亞的新寫實及獨立前後《蕉風》的「現代」〉，「二〇一六年文學、傳播與影響：《蕉風》與馬華現代主義文學思潮國際學術研討會」宣讀論文，拉曼大學中華研究中心、留台聯總聯合主辦，二〇一六年八月二十日至二十一日。
黃賢強，《跨域史學：近代中國與南洋華人研究的新視野》（廈門：廈門大學出版社，二〇〇八）。
楊升橋，〈梁園的「最後一根火柴」〉，《蕉風》第二九七期（一九七七年十一月），頁四四－四九。
楊松年，《新馬華文現代文學史初編》（新加坡：BPL（新加坡）教育出版社，二〇〇〇）。
楊聯芬，《晚清至五四：中國文學現代性的發生》（北京：北京大學出版社，二〇〇三）。
溫明明，〈「烏托邦幻滅」之後：李宗舜一九八一－一九八三在《蕉風》上的詩歌寫作〉，「二〇一六年文學、傳播與影響：《蕉風》與馬華現代主義文學思潮國際學術研討會」宣讀論文，拉曼大學中華研究中心、留台聯總聯合主辦，二〇一六年八月二十日至二十一日。
溫祥英，〈我與大山腳作家的緣分〉，《星洲日報．星雲》，二〇一八年一月三十日。
葉長樓，〈一個呼籲：新詩往何處去？〉，《大學青年》第十一期（一九六二年十二月），頁一〇。
葉逢生（黃崖），〈覺醒的一代〉，《學生周報》第四一九期，頁四。
葉綠素，〈日子〉，《蕉風》第十二期（一九五六年四月二十五日），頁二。
葉蕾，〈我與大山腳的文學因緣〉，《星洲日報．星雲》，二〇一八年三月二十三日。
綠浪（陳政欣），〈公孫倆〉，《蕉風》第二六七期（一九七五年五月），頁五五—五九。
趙康棣，〈新詩的出路〉，《蕉風》第九十六期（一九六〇年十月），頁二一—二三。
劉戈（白垚），〈馬來西亞的兒女〉，《學生周報》第四二八期（一九六四年九月三十日），頁六。
劉諦，〈《縷雲前書》補遺〉，白垚《縷雲前書》下冊（八打靈再也：有人出版社，二〇一六），頁四〇六—四〇八。
慕容羽軍，〈五十年代的香港文學概述〉，《文學研究》第八期（二〇〇七年十二月），頁一六七—一七九。
慧劍，〈馬來亞化是什麼？〉，《蕉風》第十六期（一九五六年六月二十五日），頁六—七。

〈編者的話〉，《海的翻身》（新加坡：星洲新民文化社，一九五七），頁一。
〈編者的話〉，《蕉風》第九十一期（一九六〇年五月），封面內頁。
〈編者的話〉，《蕉風》第一〇一期（一九六一年三月），封面內頁。
〈編者的話〉，《蕉風》第一〇三期（一九六一年五月），封面內頁。
〈編者的話〉，《蕉風》第一〇四期（一九六一年六月），封面內頁。
〈編者的話〉，《蕉風》第一〇五期（一九六一年七月），封面內頁。
〈編者的話〉，《蕉風》第一〇七期（一九六一年九月），封面內頁。
〈編者的話〉，《蕉風》第一〇八期（一九六一年十月），封面內頁。
〈編者的話〉，《蕉風》第一〇九期（一九六一年十一月），封面內頁。
〈編者的話〉，《蕉風》第一一三期（一九六二年三月），封面內頁。
〈編者的話〉，《蕉風》第一一五期（一九六二年九月），封面內頁。
〈編者的話〉，《蕉風》第一一六期（一九六二年六月），封面內頁。
〈編者的話〉，《蕉風》第一一七期（一九六二年七月），封面內頁。
〈編者的話〉，《蕉風》第一二二期（一九六二年十二月），封面內頁。
〈編者的話〉，《蕉風》第一二三期（一九六三年一月），封面內頁。

〈編者的話〉，《蕉風》第一二六期（一九六三年四月），封面內頁。
〈編者的話〉，《蕉風》第一二七期（一九六三年五月），封面內頁。
〈編者的話〉，《蕉風》第一三三期（一九六三年十一月），封面內頁。
〈編者的話〉，《蕉風》第一三九期（一九六四年五月），封面內頁。
〈編者的話〉，《蕉風》第一四〇期（一九六四年六月），封面內頁。
編者（黃思騁），〈蕉風對新詩創作所採的立場〉，《蕉風》第九十四期（一九六〇年八月），頁二五。
編輯室，〈本刊啟事〉，《蕉風》第一〇〇期（一九六一年二月），封面內頁。
編輯室，〈風訊〉，《蕉風》第二〇三期（一九六九年九月），頁九五—九六。
編輯室，〈風訊〉，《蕉風》第二六六期（一九七五年四月），頁八二。
蔣保，〈馬華文藝的時代性與獨立性——寫在馬來亞獨立的前夕〉，《蕉風》第四十四期（一九五七年八月二十五日），頁四—五。
鄭樹森，〈遺忘的歷史，歷史的遺忘——五、六十年代的香港文學〉，《素葉文學》第六十一期（一九九六年九月），頁三〇—三三。
魯文，〈文藝的個體主義〉，《蕉風》第七十八期（一九五九年四月），頁四—五。

魯愚，〈風格乎？〉，《蕉風》第二〇〇期（一九六九年六月），頁六—七。

璞玉，〈一年來的馬華文壇〉，《浪花》第二十三期（一九六七年十二月十日），頁二—四。

盧瑋鑾、熊志琴，《香港文化眾聲道》二冊（香港：三聯書店，二〇一四，二〇一七）。

蕉風月刊編輯部，〈本刊啟事〉，《蕉風》第九十九期（一九六一年一月），封面內頁。

蕉風社，〈蕉風吹遍綠洲〉，《蕉風》第一期（一九五五年十一月十日），頁二。

蕉風社，〈改版的話——兼論馬華文藝的發展路向〉，《蕉風》第七十八期（一九五九年四月），頁三。

蕉風編委會編輯和顧問們（姚拓），〈蓄足精力　再次奔馳——蕉風暫時休刊啟事〉，《蕉風》第四八八期（一九九九年二月），頁二。

〈蕉風信箱〉，《蕉風》第四八三期（一九九八年四月），頁八八。

〈蕉風信箱〉，《蕉風》第四八八期（一九九九年二月），頁九。

《蕉風》座談會紀錄，〈漫談馬華文藝〉，《蕉風》第二十期（一九五六年八月二十五日），頁三—四。

《蕉風》座談會紀錄，〈一九五七年馬華文壇的展望〉，《蕉風》第二十九期（一九五七年一月十日），頁三—五，二〇。

《蕉風》座談會紀錄，〈我們基本的信念〉，《蕉風》第一三一期（一九六三年九月），頁三—四。

《蕉風》座談會紀錄，〈青年作者與馬華文壇〉，《蕉風》第一七二期（一九六七年二月），頁四—六。

賴美香，〈美援文化下的馬來亞華文出版界：以五、六零年代友聯出版社為例〉，《馬來西亞華人研究學刊》第二十期（二〇一七），頁一一九—一四一。

賴美香，《從冷戰前期星馬出版的期刊雜誌探討馬華文學的生產（一九五〇—一九六九）》，馬來西亞博特拉大學，碩士論文，二〇一九。

賴瑞和，〈《蕉風》的台灣化時期（一九六四—一九六七）〉，「二〇一六年文學、傳播與影響：《蕉風》與馬華現代主義文學思潮國際學術研討會」宣讀論文，拉曼大學中華研究中心、留台聯總聯合主辦，二〇一六年八月二十日至二十一日。

薛樂，〈馬來亞的黎明〉，《蕉風》第十期（一九五六年三月二十五日），頁二。

謝川成，〈《蕉風》七〇年代：後陳瑞獻時期現代文學的傳播策略〉，「二〇一六年文學、傳播與影響：《蕉風》與馬華現代主義文學思潮國際學術研討會」宣讀論文，拉曼大學中華研究中心、留台聯總聯合主辦，二〇一六年八月二十日至二十一日。

謝詩堅，《中國革命文學影響下的馬華左翼文學（一九二六—一九七六）》（檳城：韓江學院，二〇〇九）。